제목은
뭐로 하지?

제목은 뭐로 하지?

앙드레 버나드 지음

최재봉 옮기고 보탬

모멘토

머리말

출판계에서 일하면서 원고와 책들을 만지고, 작가의 전화와 출판사의 도서 목록들을 상대하고, 매일 상당한 분량의 책 관련 서류를 들척이면서도 나는 책 제목을 외우는 데에는 젬병이다. 나와 마찬가지로 책에 파묻혀 사는 내 동료 하나는 책의 제목만을 기억할 뿐이라고 토로한다. 책상 위에서 홍수를 이루는 수백 권의 책이 흐릿한 얼룩처럼 여겨질 지경이 되면 관심 끄는 제목을 단 책만이 그 속에서 두드러져 보인다는 것이다.

저자들은 새 책을 낼 때마다 딜레마에 맞닥뜨린다. 제목이 정말로 중요한 것인가 하는 고민이다. 존 스타인벡은 이렇게 투덜거린 적이 있다. "나는 제목에 집착한 적이 없어. 이름을 뭐라 붙이든 조금도 신경 쓰지 않았다고." (이렇듯 완강한 발언은 그러나 사실과는 다르다. 스타인벡은 제목을 정할 때 매우 고심을 했으며, 그 결과는 미국 문학에서 가장 기억할 만한 제목들로 나타났다.) 독자 대중이 보이는 태도도 아마 이와 비슷하지 않을까. 그러나 나는 이 주제에 관한 한 많은 독자가 작가

새뮤얼 버틀러의 다음과 같은 말에 동의하리라고 생각한다. "만일 『노수부의 노래*The Ancient Mariner*』(영국 시인 새뮤얼 테일러 콜리지의 장시 제목. 정식 제목은 The Rime of the Ancient Mariner다.—옮긴이)의 'ancient mariner'를 'old sailor'라고 했다면 그토록 성공하지 못했을 것이다." 『에덴의 동쪽*East of Eden*』은 제목부터가 한눈에 들어온다. 『바람과 함께 사라지다*Gone with the Wind*』, 『(더버빌 가의) 테스*Tess of the D'Urbervilles*』, 『황폐한 집*Bleak House*』도 마찬가지다. 이런 제목들은 매력적인 울림 너머의 무언가를 의미한다. 『살리나스 계곡*The Salinas Valley*』이나 『팬지*Pansy*』, 『수의 영육*The Body and Soul of Sue*』, 『재판정에 갔다가 빠져나오지 못한 톰올얼론스 공장*Tom-All-Alone's Factory that Got Into Chancery and Never Got Out*』 같은 제목들은 전혀 그렇지 않다.* 여기서 무슨 교훈 같은 걸 이끌어낼 수는 없다. 그런 제목을 낳은 창조 과정에 존경과 놀라움을 표할 따름이다.

이 책은 잘 알려진 책과 희곡들의 제목이 어떻게 붙여졌는지를 일화 중심으로 서술하고 있다. 매력적인 제목들을 '빠짐없이' 다루지는 않았다. 다만 여러 세기 동안 작가들을 미치게 만든 제목과의 싸움을 가볍게 살펴보고자 한다. 그러니 독자인 당신이 나름의 걸작을 쓰게 된다면 동료 저자들이 제목을 짓는 과정에서 겪었던 시련과 절반의 성공, 혹은 완전한 실패 등을 상기하기 바란다. 책을 읽어보면 알겠지만, 제목은 대단히 기묘한 방식으로 결정되곤 한다.

감사드려야 할 이들이 있다. 우선, 귀한 시간을 할애해서 너그럽게도 제목 짓기에 얽힌 자신들의 경험을 들려준 작가들이다. 피터 벤칠리, 로

이 블런트 주니어, 헬렌 걸리 브라운, 짐 찰턴, 리처드 콘던, 에번 코넬, 넬슨 드밀, 게일 고드윈, 수 그래프턴, 벨 카우프먼, 존 니컬스, M. 스콧 펙, 찰스 포티스, 피터 슈웨드, 조지프 웜보, 유도라 웰티가 그들이다. 이들에게 고마운 마음을 전한다. W. W. 노튼 출판사의 제럴드 하워드는 거친 원고 뭉치를 다듬어서 깔끔한 책으로 탈바꿈시켰고, 내가 생각했던 형편없는 제목을 현명하게도 폐기하고 새로운 제목을 붙여주었다.**가장 힘든 일을 한 사람은 제니 맥그레거 버나드로, 이 프로젝트를 출범시키고 마무리까지 했다. 그리고 줄리 머버그는 애초에 아이디어를 제시했다.

마지막으로 이 책을 내 친구 켄 매코믹에게 바친다. 그는 금세기의 가장 멋진 책 제목을 여럿 생각해낸 탁월하고 지칠 줄 모르는 편집자다.

—앙드레 버나드

---

* 이 제목들은 바로 앞에 언급한 작품들의 가제(假題)였다.
** 내가 단 제목은 '무제(Untitled)'였다.

차　례

제임스 에이지
이제는 훌륭한 사람들을 칭송하자

Let Us Now Praise Famous Men(1941)

『타임』지에 서평을 기고하던 서른한 살의 제임스 에이지(작가이자 영화 평론가로 유명했다.—옮긴이)는 사진작가 워커 에번스와 함께 오랫동안 작업한 그의 감동적인 원고 내용이 자극적이며 전반적으로 어수선하다는 이유로 출판사에서 퇴짜를 맞자 암담해졌다. 노동자들의 가난을 탐구한 그 원고의 제목은 '세입자 세 가족(Three Tenant Families)'이었다. 에이지는 책의 내용을 바꾸지 않는 대신 제목을 새로 붙였다. 책에서 다루는 사람들의 비극을 환기시키는 동시에 결국 출판되지 않을지도 모를 지난 3년간의 작업도 기념하는 제목이었다. 새 제목은 경외(經外) 성경 중 하나인 「집회서*Ecclesiasticus*」(「전도서*Ecclesiastes*」가 아니다)에서 따왔다.

"이제는 훌륭한 사람들과 역대 선조들을 칭송하자. ……그들의 몸은 평화롭게 묻히고, 그들의 이름은 대대로 살아 있다."

나는 집과 서재에 틀어박혀서는 바로 『로마제국 쇠망사 *The History of the Decline and Fall of the Roman Empire*』 첫 권을 쓰기 시작했다. 처음에는 모든 것이 어둡고 불확실했다. 심지어 책의 제목, 제국의 쇠망이 정확히 언제부터인지, 서문의 한계, 장 구분, 그리고 서술 순서까지 모든 게 그러했다. 7년 동안 노력한 결과를 모두 팽개쳐버리고 싶은 유혹에 수시로 빠져들었다.

—에드워드 기번(Edward Gibbon)

에드워드 올비
누가 버지니아 울프를 두려워하랴?

Who's Afraid of Virginia Woolf? (1962)

희곡 제목 중 가장 유명하면서도 수수께끼 같은 이 문구는 어느 술집에서 태어났다. 1950년대에 극작가 지망생 에드워드 올비는 뉴욕 그리니치 빌리지의 10번가에 있는 단골 바에서 술 한잔 하기를 즐겼다. 그집 일층에는 커다란 거울이 있었는데 사람들은 거기에 낙서를 하곤 했다. 어느 날 올비는 맥주를 마시다가 거울에 '누가 버지니아 울프를 두려워하랴?'라는 말이 비누로 씌어 있는 것을 보았다. 이 문장은 그의 뇌리에 강렬하게 새겨져, 그가 대학 캠퍼스를 무대로 한 희곡을 쓰기 시작했을 때 다시 떠올랐다. 올비는 언젠가 이렇게 말했다. "'누가 버지니아 울프를 두려워하랴'라는 건 누가 저 무섭고 위협적인 적(big bad wolf)을 두려워하겠느냐는 뜻입니다(Woolf와 wolf는 발음이 같다.―옮긴이). ······ 거짓 환상 없이 사는 일을 누가 두려워하겠느냐는 얘기지요. 내겐 그 말이 대학 사회와 지식인의 전형적인 농담으로 다가왔어요."

〜

넬슨 올그런
황금 팔을 가진 사나이
The Man with the Golden Arm(1949)

시카고의 소설가 넬슨 올그런은 자신의 책을 내는 더블데이(Doubleday) 출판사와 대체로 좋은 관계를 유지하고 있었지만 편집자와 빚어질 수 있는 말썽에는 매우 민감했으며, 편집자들이 어떤 식으로든 자기에게 해를 끼치려 든다고 의심했다. 그러니 더블데이 편집주간 켄 매코믹이 1947년의 단편집 제목으로 '네온의 황야(Neon Wilderness)'에 열광하자 올그런이 떨떠름해한 것은 당연했다. 매코믹은 이렇게 회고한다. "내가 그 제목이 좋다고 하자마자 그는 마음에 안 든다고 말했다. 정말 괜찮은 제목임을 그에게 확신시키느라 제삼자를 불러야만 했다." 다음 책도 문제였다. '프랭키 머신'이란 별명으로 불리는 마약 중독자이자 도박꾼이며, 카드 놀음에 뛰어났기 때문에 '황금 팔'의 소유자로 알려진 프란시스 마이치네크를 주인공으로 하여 거칠게 쓴 소설의 제목으로 더블데이가 '황금 팔을 가진 사나이'를 밀자 올그런은 다른 제목을 찾느라 공책을 뒤적였다. 그는 '자비 없는 밤(Night without Mercy)'이 마음에 든다고 했다. "감정적으로도 함축하는 게 있고 주관적인 제목이어서 좋습니다. 반대로 '황금 팔'은 객관적 사실만을 밋밋하게 서술한 거잖아요. …… '황금 팔'이 독특한 제목이긴 해도 처음의 신기함이 사라지고 나면 오래 버티지 못할 것 같네요." 올

그런의 판단은 틀렸다. 이 제목은 유행어가 되었고 작품은 전미도서상
(National Book Award)을 거머쥐었다. 그러나 올그런은 『광란의 거리*A
Walk on the Wild Side*』에 대해서도 마찬가지로 엎치락뒤치락했다. 매코
믹이 '광란의 거리'에 동의하자 그는 '장화를 신은 사람(Somebody in
Boots)'이라는 싱거운 제목을 제시하더니 다시 '피너티의 무도회
(Finnerty's Ball)'로 바꾸고자 했다.

마음에 드는 제목을 갖고 있는 작가라면 모름지기 그것은 아껴두고, 쓸
모없는 제목 두세 개를 먼저 제시해서 편집자로 하여금 딱지를 놓도록
할 필요가 있다. 편집자의 자존심을 건드리지 않으면서 마음에 드는 제
목을 관철시키기 위해서다.

—찰스 포티스(Charles Portis)

샤를 보들레르
악의 꽃

Les Fleurs du Mal(1857)

당대 프랑스 문학의 퇴폐를 대표했던 상징주의 시인 보들레르는 자신
의 관능적이면서도 어딘지 사악한 분위기를 풍기는 연작시에 '연옥(Les
Limbes)'이라는 제목을 붙일 계획이었다. 단테의 『신곡』에 나오는, 지옥
의 입구에 있는 그 연옥 말이다. 그러던 어느 날 밤, 비평가 이폴리트 바
부(Hippolyte Babou)가 보들레르를 비롯한 친구들과 카페에서 술을 마시

A Walk on the Wild Side.
Somebody in Boots
The Man with the Golden Arm.
Night without Mercy
Neon Widerness
..... X
NO

다가 '악의 꽃'이라는 제목을 제안했다고 한다. 바부는 보들레르의 시들이 단순히 악의 개화를 노래하는 데 그치지 않고 아름다운 언어로써 악을 기만적이며 위험한 아름다움으로 탈바꿈시켰노라는 말로 보들레르를 설득했다.

사뮈엘 베케트
고도를 기다리며

Waiting for Godot(1952)

"고도란 말로 신을 가리키고자 했다면 그냥 신이라는 말을 썼을 것이다." 아일랜드 출신 극작가 사뮈엘 베케트의 말이다. 베케트는 자신의 희곡에 붙인 수수께끼 같은 제목에 대해 공개적으로 언급한 적이 한 번도 없었다. 그 결과 20세기의 가장 흥미로운 희곡 가운데 하나인 『고도를 기다리며』를 나름대로 설명하려는 이들이 제목과 등장인물을 연구한 게 웬만한 가내공업 수준의 생산성을 보여주었다.

베케트는 어른이 된 뒤 생애 대부분을 프랑스에서 보냈으며 작품 역시 프랑스어로 썼다. '고도(Godot)'는 신에 해당하는 프랑스어 '디외(dieu)'와 조금도 닮지 않았다. 언젠가 베케트는, 아마도 농담 삼아, '고도'라는 이름이 목 긴 구두를 가리키는 프랑스 속어 '고디요(godillot)'나 '고다스(godasse)'에서 왔다고 말한 적이 있다. 그 연극에서 발이 일정한 역할을 하기 때문이라는 얘기다. 영감의 다른 원천으로 추정되는 것은 그가 어느 길모퉁이에서 연례 행사인 투르 드 프랑스 자전거 경주대회를 보러 나온 대규모 인파와 마주쳤던 일이다(베케트는 이 설을 부인한 적이 없다). 베케트가 사람들에게 왜 나와 있느냐고 묻자 그들은 "고도(Godot)를 기다리고 있지요."라고 대답했는데, 고도는 경주에 출전한 선수 가운데 가장 나이 든 (그리고 가장 느린) 선수의 이름이었다고 한다. 또 다른 이야기도 있다. 베케트가 매춘부들로 유명한 파리의 고도 드 모루아(Godot de Mauroy) 거리 모퉁이에서 버스를 기다리고 있는데 한 여인이 접근해왔다. 그가 거절하자 짜증이 난 그녀는 당신 도대체 누구를 기다리느냐, "고도를 기다리는" 거냐고 물었다 한다. 베케트가 작품을 쓸 때 매춘부의 엉뚱했던 질문이 떠올라서 그 말을 제목으로 삼았다는 것이다.

> 제목 하나가 떠오른다. 어느 정도는 흥분을 유발하는 제목이다. 그 덕에 책에 대한 아이디어가 분출하고, 집필이 진행된다. 그러다 결국 그 제목은 다 소진되어 식상해지고, 다른 제목을 찾게 된다. 쉽게 바닥나지 않는 다른 어구를 찾아내면 그게 최종 제목이 된다.
> —E. L. 닥터로(Edgar Lawrence Doctorow)

솔 벨로
오늘을 잡아라

Seize the Day (1956)

노벨상 수상 작가인 솔 벨로는 환멸을 다룬 자신의 소설 제목으로 잘 알려진 라틴어 격언을 선택했다. 주인공 토미 윌헬름은 가족과 직업, 집 등 자신이 소중하게 생각하는 모든 것을 차례로 잃게 된다. 뜻 있는 삶을 살아갈 가망이 점점 더 희박해져서는 마침내 사기꾼에게 마지막 재산마저도 알기우고 만다. 로마 시인 호라티우스가 『송가』에 담은 경고는 토미와 같은 현대인에게 적절한 교훈이 될 법하다: '오늘을 잡아라. 내일을 신뢰하지 말아라(Carpe diem, quam minimum credula postero).'

사람들이 제목을 추천해주는 경우도 있고, 광고판에서 본 문구를 제목으로 삼기도 한다.

—로버트 펜 워렌(Robert Penn Warren)

피터 벤칠리
조스

Jaws(1974)

피터 벤칠리는 이렇게 기억한다. "'조스'라는 제목은 나와 편집자가 마지막 순간에, 책이 인쇄에 들어가기 20분쯤 전에 필사적으로 도출한 타협안이었다. 그때까지 한 백 개는 되는 제목을 가지고 만지작거렸을 것이다. '백상아리(Great White)', '상어(The Shark)', '바다괴물의 출현(Leviathan Rising)', '죽음의 아가리(The Jaws of Death)' 같은 제목에다 프랑수아즈 사강을 모방한 '바닷속 침묵(A Silence in the Water)'

따위까지. 아버지(작가 너새니얼 벤칠리)도 '내 발을 뜯어먹는 게 뭐지?(What's That Noshin' on My Laig?)' 같은 그럴싸한 제목을 몇 개 제안했지만, 결국 편집자와 나는 마음에 드는 게 하나도 없다는 데 동의했다. 사실 온갖 방식으로 조합된 제목 후보들 속에서 우리가 좋아했던 유일한 '단어'는 아가리 즉 '조스(Jaws)'였다. 결국 내가 이렇게 말했던 것 같다. '빌어먹을, 그만하고 조스로 해버리지요.' 그러자 편집자도 말했다. '그렇게 갑시다, 젠장.' 아버지는 그 제목을 싫어하셨고, 내 에이전트도 싫어했으며, 아내도 마찬가지였다. 나 역시 썩 좋지는 않았다. 하지만 결국은 이런 생각이었다. '알 게 뭐야, 신인 작가의 첫 소설을 누가 읽는다고.'"

누구에게나 편집자는 필요하다.
　—작가이며 편집자였던 팀 푸트(Tim Foote)가 『타임』지에 쓴 글에서 히틀러가 『나의 투쟁』에 처음 붙인 제목이 '거짓말과 어리석음과 비겁에 대한 4년 반 동안의 투쟁'이었다는 사실을 언급하면서 한 말.

로이 블런트 주니어

"나는 제목에 대해 걱정을 많이 하는 편이다. 책을 쓰는 도중에는 물론이고, 책이 절판된 지 한참 뒤까지도 신경을 쓰는 버릇이 있다. 며칠 전에도 문득 내 첫 번째 책 제목을 다른 걸로 했으면 어땠을까 하는 생각이 들었다. 『약간 모자라는*About Three Bricks Shy of a Load*』이라는, 20년 전에 쓴 책이다(이 책은 미식축구 팀인 피츠버그 스틸러스의 아쉬웠던 시즌을 장기 취재하여 쓴 것으로, 스포츠에 관한 명저 중 하나로 꼽힌다. 아래 언급되는 확대판에선 스틸러스가 그 후 챔피언 팀으로 성장한 이야기를 덧붙였다.—옮긴이). 사람들이 제목의 뜻을 쉽게 파악하지 못해서, 그나마 가장 근접했다는 사람들도 '운이 조금 나쁜(Two Bricks Short of a Lot)'으로 이해하는 것이었다. 나중에 이 책의 확대판을 내면서는 '약간 모자라다가… 채워지다(About Three Bricks Shy… And the Load Filled Up)'로 제목을 바꾸었다. 이 제목에는 결점이 몇 있는데, 제목 안에 구두점이 들어간다는 게 그 하나다. 내 책에는 이렇게 중간에 구두점이 들어간 게 두 권 더 있다. 『자, 어디까지 했었지?*Now, Where Were We?*』와 『낙타는 쉽고, 코미디는 어렵다*Camels Are Easy, Comedy's Hard*』가 그것이다.

나는 부제를 무척 좋아한다. 가끔 내가 『잔인한 수프*One Fell Soup*』('일거에, 단번에'라는 뜻의 숙어 'in one fell swoop'의 연상을 전제로 한 말장난이다. 블런트는 기자이자 배우이기도 하지만 유머리스트로 가장 유명하다.—옮긴이)와 『나는 삶이라는 창유리에 매달린 한 마리 벌레 *I'm Just a Bug on the Windshield of Life*』라는 책들의 저자로 소개된 글을 보게 된다. 사실은 같은 책의 제목과 부제인데 말이다. 원래 나는 그 책 제목을 '가족의 보석(The Family Jewels)'으로 하려 했는데, 출판사 여직원들의 반대로 포기했다('family jewels'의 관용적 의미에는 '집안의 수치스러운 비밀' 외에 '고환'도 있다.—옮긴이). 다음에는 '혼성 집단(Mixed Company)'으로 하려 했더니, 그 제목으로 먼저 나온 책이 있었다(군대 내의 여성들을 다룬 것이다).

지금 그건 내 전처가 운영하는 극단의 이름이다. (모임이든 조직이든 남녀가 섞인 어떤 집단도—더 넓게는, 다르게 분류되는 사람들이 혼재하는 어떤 집단도— 'mixed company' 라 부를 수 있다.—옮긴이)

내 책 제목 중 개인적으로 제일 좋아하는 건 가장 덜 팔린 책의 제목이다. 머리카락의 의미와 상징에 대해 그림을 곁들여 쓴 책이다. 더블데이 출판사의 짐 피츠제럴드가 편집자였다. 우린 방금 다른 제목에 합의한 상태였다. 지금은 그 제목을 잊어버렸는데, 그냥 '인간의 깃털(Human Plumage)' 이었다고 해두자. 우린 전화로 상의하던 중이었다.

'"인간의 깃털' 이 갈수록 좋아져요.' 라고 그가 말했다.

'그래요. 점점 좋아지죠(It grows on you).' 라고 나도 맞장구를 치다가 번쩍했다.

바로 그거다! 머리카락에 대한 책 제목으로 완벽하지 않은가? '몸에서 자라다(It Grows on You)' 라는 말. 그걸 제목으로 정했다. 다른 제목을 찾아봤어야 했는지도 모르겠다. 이를테면 지금 그냥 떠오르는 걸로……. 아, 그만하자. 이젠 너무 늦었으니.

내가 생각해낸 제목 중 가장 적절했던 것은 일곱 번째 책 『생각했던 것과 꼭 같진 않아 *Not Exactly What I Had in Mind*』이다. 더 간결했으면 좋았겠다 싶긴 하다.

내 책 가운데 제목이 한 단어인 것은 『크래커스 *Crackers*』 하나뿐이다 ('crackers' 는 여기서 일차적으로 〔특히 남부의〕 가난한 백인, 조지아 사람들' 을 가리킨다. 이 말은 대개 경멸적으로 쓰이며, 어원에 대해서는 여러 설이 있다. 블런트는 자신이 소년기를 보낸 조지아 주를 글에서 자주 다뤘는데, 조지아 주의 별명이

‘cracker state’ 다. 이 제목에는 중의적으로 ‘거짓말쟁이, 허풍쟁이’ 같은 의미도 가세한다.—옮긴이). 오늘 나는 그 책 원고를 비롯한 관련 기록들을 다시 들춰보았다. 내가 무슨 제목을 퇴짜 놓았는지 보기 위해서였다. ‘악어들이 있으라(There Be Alligators)’, ‘쓰레기는 이제 그만(Trash No More)’, ‘반동의 백악관 블루스(The Redneck White House Blues)’ 등등 여러 후보가 있었던 걸로 기억한다. 문서의 분류 상태는 엉망이었지만, 그래도 최초의 제목이 박힌 페이지는 찾아낼 수 있었다. 바로 ‘Crackers’였다. 하지만 크노프(Knopf) 출판사의 편집자로 그 책 작업을 한 고든 리시는 만족하지 않았다. 리시가 손글씨로 쓴 다른 후보들이 제목 페이지에 가득했다.

그 메모 중 하나는 이렇다. ‘제목—파버 풍의 목록: 조지아 사람들, 카터 일가, 호모, 유대인, 컨트리 가수, 기자들⋯⋯(Crackers, Carters, Homos, Yids, Country Singers, Reporters⋯⋯).’ 리시는 화가이자 영화평론가인 매니 파버(Manny Farber)의 어느 책 제목을 좋아했는데, 책에서 다룬 주제들을 기다랗게 나열한 거였다. 실제로 내 책이 카터 행정부 시절의 인종 문제와 성 문제를 다루고는 있었지만, ‘호모’나 ‘유대인’은 책의 논조나 실체를 제대로 반영한 말이 아니라고 확언할 수 있다. 또 하나 확실한 건 내가 그런 제목을 채택하리라고 생각하는 사람은 미친 사람이라는 점이다. 그러나 내 책에 상궤를 벗어난 편집 작업이 필요하긴 했다. 어느 정도까지는.

리시의 두 번째 제안은 ‘난 봤다구(I Seen It Done)’였다. 책 안의 어떤 이야기(한 늙은이가 유아 세례를 믿느냐는 질문을 받고는 ‘믿느냐고

요? 제기랄, 난 그걸 봤다구요!' 라고 대답한다)를 염두에 둔 것이었다. 그러나 내가 보기에 그건 너무 나가는 듯했다. (이 정도는 리시에겐 전혀 문제가 아니었던 게 분명하다. 그러면서도 저자 사진으로 내가 개 두 마리를 안고 있는 걸 쓰겠다니까 반대했다.) 그가 적은 세 번째 안은 '엘리베이터에 탄 사람들(People on Elevators)' 이었는데, 지금 보니 전혀 얘기가 되지 않으며, 당시에도 말이 안 됐다고 생각했음이 틀림없다. 그건 아마도 언젠가 씌어져야 한다고 리시가 생각한 다른 책의 제목으로 메모한 게 아닌가 싶다.

원고의 제목 페이지 뒷면에는 내가 흘려 쓴 제목 후보가 여럿 있는데, 지금 보니 모골이 송연해진다.

- '속물 크래커들(Ritzy Crackers)' ('속물 조지아인' 과 미국의 과자 상표인 '리츠 크래커' 등을 두루 상기시키는 중의적 표현이다.—옮긴이)

- '지미와 크래커 멸시, 나는 선언하노라(Jimmy, Cracker Scorn and I Declare)'

- '제임스 얼 카터 주니어의 크래커-아메리칸 비밀-백인 복수극(The James Earl Carter Jr. Crackro-American Crypto-Peckerwood Revenge)'

어느 시점엔가 리시는 흥분한 상태로 내게 전화를 해서는 책에 딱 맞는 제목을 생각해냈다고 했다. '빨강머리 의붓자식의 복수(Revenge of the Redheaded Stepchild)' 가 그것이었다. 기억하기로, 내 반응은 '뭐라고?' 였다(내 책들 중에는 제목을 '뭐라고?' 로 붙여도 좋았을 법한 게 너무도 많다).

결국 나는 그냥 '크래커스' 로 가고 싶다고 말했다.

그제서야 리시는 다른 저자가 그 제목의 원고를 이미 보내왔노라고 고백했다.

'안됐지만 하는 수 없어.' 라고 나는 대답했다.

우리는 부제를 붙이기로 했다. '지미와 카터 집안의 다른 사람들, 불길한 작은 동물들, 슬프게 노래하는 여자들, 그리고 내 아빠와 나에 관한 다각도의 이야기(This Whole Many-Angled Thing of Jimmy, More Carters, Ominous Little Animals, Sad-Singing Women, My Daddy and Me)'였다. 컨트리 가수 로레타 린이 자기 노래 가사의 인용을 허락하지 않는 바람에 슬프게 노래하는 여자들에 관한 장은 마지막 순간에 뺐지만, 부제를 바꾸기에는 너무 늦은 때여서 그대로 갔다.

리시의 말에 따르자면 '크래커스'라는 제목의 소유권을 주장했다던 저자―이름은 밝히지 않겠다―는 그 뒤 내 책들에 대해 불쾌한 서평을 여럿 썼다.

언젠가 나는 이런 제목의 노래를 짓고 싶다. 「회사는 나를 기억력 학교에 보낸다네(난 그저 잊고만 싶은데)(My Company's Sending Me to Memory School [And All I Want to Do Is Forget])」

디 브라운
나를 운디드니에 묻어주오

Bury My Heart at Wounded Knee (1971)

소설가이자 역사학자인 디 브라운은 미국 서부 정복과 아메리카 원주민의 멸종을 다룬 이 비극적 역사서의 제목을 스티븐 빈센트 베네(Stephen Vincent Benét)의 시 「미국의 이름들(American Names)」에서 찾았다. 그 시의 첫 연과 마지막 연은 다음과 같다.

나는 미국의 이름들과 사랑에 빠졌노라,

결코 뚱뚱해지지 않는 날카로운 이름들,

광산들에 붙여진 뱀가죽 이름들,

메디신 해트의 깃털 장식을 한 전쟁 모자,

투손과 데드우드와 로스트 뮬 플랫.

(……)

나는 몽파르나스에 고요히 잠들지 않으리.

나는 윈첼시에 가만히 누워 있지 않으리.

내 몸뚱어리를 서섹스 초원에 묻어도 좋아,

내 혀를 상메디에 묻어도 좋아.

나는 거기 있지 않을 거야. 일어나서 지나갈 거야.

내 심장을 운디드니에 묻어다오.

에밀리 브론테
폭풍의 언덕
Wuthering Heights (1847)

이 책의 제목은 지난 150년 동안 학령기 독자들을 혼란스럽게 해왔다. '워더링(wuthering)'이라는 말은 도대체 무슨 뜻인가? 브론테는 이 고딕풍의 음울한 소설 첫 장에서 문제의 수수께끼 같은 단어를 이렇게 설명한다. "'폭풍의 언덕'은 히스클리프 씨가 사는 집의 이름이다. 'wuthering'은 이 지방의 방언으로, 폭풍우가 몰아치는 날씨에 격렬하게 요동하는 대기의 모습을 표현하는 형용사다. 정말이지 공중에는 언제나 맑고 상쾌한 대기가 순환하고 있을 것만 같았다. 집 끄트머리의 전나무 몇 그루가 과도하게 기울어져 있는 것이나, 앙상한 가시나무들이 태양의 자비를 갈구하듯 모두 한쪽으로 가지를 뻗고 있는 것을 보면 등성이를 넘어온 북풍의 위력을 짐작할 수 있을 것이다."

헬렌 걸리 브라운
섹스와 독신 여성
Sex and the Single Woman (1962)

오랫동안 『코스모폴리탄』 잡지의 편집장으로 일했던 헬렌 걸리 브라운은 성적으로 해방된 여자를 가리키는 '코스모 걸(Cosmo girl)' 이라는 개념을 만들어냈다. 그녀의 첫 저서 『섹스와 독신 여성』은 센세이션을 일으켰다. 책은 나오자마자 베스트셀러가 됐으며, 수백만 여성들로 하여금 그들이 아내나 어머니 말고도 정당하고 신나는 정체성을 가질 수 있음을 이해하도록 도왔다. 브라운은 이렇게 말했다. "독신 여성의 섹스도 괜찮다는 내용을 담은 책을 쓰고 싶었어요. 일단 방향을 잡은 뒤에는 거기 맞춰서 써갔습니다. 처음에는 '독신 여성을 위한 섹스(Sex for the Single Woman)' 라고 이름 붙이려 했지요. 하지만 모두가 그건 너무 '비도덕적' 이라고(마치 제가 독신 여성들의 섹스를 '장려' 라도 하는 것처럼 말이죠) 하는 바람에 문구를 조금 손봐서 '섹스와 독신 여성' 으로 바꾸었어요."

<h2 align="center">엘리자베스 배럿 브라우닝
포르투갈 소네트</h2>

Sonnets from the Portuguese (1850)

『포르투갈 소네트』의 아름다운 사랑시들은 엘리자베스 브라우닝이 남편인 시인 로버트 브라우닝(Robert Browning)한테 보낸 것이지 남들에게 읽힐 목적으로 쓴 것은 아니었다. 이 시들이 발표되어야 한다고 주장한 사람은 로버트 브라우닝이었다. 그는 "셰익스피어 이후 모든 언어로 씌어진 소네트 가운데 가장 아름다운 시들을 나 혼자 볼 수는 없었다."

라고 말했다. 포르투갈어에서 번역한 시들이 아님에도 '포르투갈 소네트'라고 한 까닭은 진한 피부색을 지닌 엘리자베스를 남편이 '내 작은 포르투갈 여자'라는 애칭으로 불렀기 때문으로 생각된다.

제목이 바뀌어서 다행인 책들

카슨 매컬러스의 『벙어리 *The Mute*』는 『마음은 외로운 사냥꾼 *The Heart Is a Lonely Hunter*』으로 바뀌었다.

밥 우드워드와 칼 번스틴의 『지금 이 시점 *At This Point in Time*』은 『대통령의 사람들 *All the President's Men*』로 바뀌었다.

스티븐 크레인의 『병사 플레밍, 그의 다양한 전투들 *Private Fleming, His Various Battles*』은 『붉은 무공훈장 *The Red Badge of Courage*』으로 바뀌었으며 루 월리스의 『유다: 그리스도 이야기 *Judah: A Tale of the Christ*』는 『벤허 *Ben-Hur*』로,

앨릭스 헤일리의 『이 분노에 앞서 *Before This Anger*』는 『뿌리 *Roots*』로,

제인 오스틴의 『첫인상 *First Impressions*』은 『오만과 편견 *Pride and Prejudice*』으로 바뀌었다.

존 업다이크의 『커플들과 집과 나날들 *Couples and Houses and Days*』은 『커플들 *Couples*』로 바뀌었고

에번 헌터의 『벽을 넘어서 *To Climb the Wall*』는 『폭력교실 *The Blackboard Jungle*』로,

에벌린 워의 『믿음의 집 *The House of the Faith*』은 『다시 찾은 브라이즈헤드 *Brideshead Revisited*』로,

데이비드 루벤의 『새들과 벌들 *The Birds and the Bees*』은 『섹스에 대해 알고 싶었으나 차마 물을 수 없었던 모든 것 *Everything You Always Wanted to Know about Sex (But Were Afraid to Ask)*』으로 바뀌었다.

제임스 헤리엇의 『수의사에게 일어나서는 안 되는 일 *It Shouldn't Happen to a Vet*』은 『아름답고 찬란한 *All Things Bright and Beautiful*』으로 바뀌었고,

재클린 수잔의 『사업가들에게는 동상을 세우지 않는다 *They Don't Build Statues to Businessmen*』는 『인형의 계곡 *Valley of the Dolls*』으로,

앤서니 버지스
시계태엽 오렌지

A Clockwork Orange (1962)

버지스는 폭력에 대한 찬미로 악명 높은 자신의 소설 『시계태엽 오렌지』에 관해 언젠가 이렇게 말했다. "시계태엽 오렌지라는 건 존재하지 않아요. 나이 든 런던 사람들의 말에나 나오는 것이죠." 그들 사이에서 '시계태엽 오렌지처럼 이상하다'는 말은 어떤 사람이 기괴하다, 별스럽게 군다는 뜻이다. "이 제목을 '오렌지 태엽시계(Arancia a Orologeria)'나 '기계 오렌지(Orange Méchanique)'로 번역한 유럽인들은 이 말에 담긴 런던 식 어감을 이해하지 못하고 이게 무슨 수류탄이나 파인애플 모양으로 된 값싼 폭발물일 거라고 짐작한 거예요. 제가 이 제목을 쓴 건 피와 땀이 흐르는 살아 있는 유기체에 기계적인 도덕률을 적용하는 태도를 가리키기 위해서였습니다."

1939년에 필라델피아의 J. B. 리핀코트 출판사는 조지 스티븐스(George Stevens)가 쓴 『링컨의 의사의 개, 그리고 다른 유명한 베스트셀러들 *Lincoln's Doctor's Dog & Other Famous Best Sellers*』이라는 책을 펴냈다. 베스트셀러 현상을 분석한 이 책은 당시 서점에서 가장 잘 팔리던

새뮤얼 버틀러
만인의 길

The Way of All Flesh (1903)

저자 사후에 출간된 이 소설의 원제는 주인공인 미숙한 젊은이의 이름을 딴 '어니스트 폰티펙스(Ernest Pontifex)'였다. 많은 불운에 시달린 한 집안의 4대에 걸친 이야기다. 그들에게 행운의 여신은 마지막 순간에 미소를 짓는데, 버틀러는 성서에서 자신의 이야기를 상징할 만한 대목을 찾아냈다. 1609년판 영국 가톨릭 성서의 「여호수아」 편에 나오는 다음의 구절 중 '온 세상이 가는 길(the way of all the earth)'의 'earth' 대신 사람을 가리키는 'flesh'를 넣어 제목을 만든 것이다: "보라 나는 오늘 온 세상이 가는 길로 가려니와, 너희의 하나님 여호와께서 너희에게 대하여 말씀하신 모든 선한 말씀이 하나도 틀리지 아니하고 다 너희에게 응하여 그중에 하나도 어김이 없음을 너희 모든 사람은 마음과 뜻으로 아는 바라."

윌리엄 버로스
벌거벗은 점심

Naked Lunch (1959)

비트 세대 소설가 버로스가 미국의 하위문화를 초현실주의 풍으로 다룬 소설의 제목으로 쓴 '벌거벗은 점심'이라는 구절은 잭 케루악(Jack Kerouac)이 만들어낸 것으로 생각된다. 이 제목이 실제로 뜻하는 게 뭐냐는 질문에 버로스는 이렇게 대답했다. "말 그대롭니다. '벌거벗은' 점심. 모든 사람이 자기 포크 끄트머리에 찍힌 음식을 바라보는 얼어붙은 순간 말이에요."

사람은 누구나 자신의 과거를, 줄줄 암기하는 책의 본문처럼 자기 안에 감추고 있다. 친구들은 단지 제목만을 읽을 따름이다.

—버지니아 울프(Virginia Woolf), 『야곱의 방 *Jacob's Room*』

루이스 캐럴
이상한 나라의 앨리스

Alice's Adventures in Wonderland (1865)

1862년 7월 4일, 옥스퍼드 대학 수학 교수이며 영국 국교회 부제인 찰스 러트위지 도드슨(Charles Lutwidge Dodgson)은 옥스퍼드 대 크라이스트 처치 칼리지 학장의 어린 세 딸을 데리고 뱃놀이를 하고 있었다. 그는 나중에 루이스 캐럴이라는 필명으로 널리 알려지게 된다. 세 어린 숙녀 로리나 샬럿과 앨리스, 이디스는 점심 도시락을 싸 왔고, 배가 강을 거슬러 올라가는 동안 도드슨 즉 캐럴은 자신이 만든 이야기를 아이들에게 들려주었다. 셋 중 당시 열 살이었던 앨리스가 특히 이야기에 열광적인 반응을 보였다. 앨리스의 반응에 고무된 캐럴은 결국 그 아이가 특별히 좋아했던 에피소드들을 모아서 앨리스라는 이름의 소녀가 이상한 세계에서 겪는 모험 이야기를 글로 쓰고, 제목을 '지하 세계에서의 앨리스의 모험(Alice's Adventures Under Ground)' 이라 붙였다. 이야기는 나중에 좀 더 확대되어 지금 우리가 잘 아는 제목으로 출판되었다.

책의 겉 커버(dust jacket, 책덮개)에 제목을 넣자고 처음으로 제안한 사람이 루이스 캐럴이었다. 이에 따라 캐럴의 『스나크 사냥*The Hunting of the Snark*』은 제목 등이 인쇄된 겉 커버를 씌운 역사상 첫 책이 되었다.

제임스 M. 케인
우편배달부는 벨을 두 번 울린다
The Postman Always Rings Twice (1934)

신문기자 출신 작가 케인의 첫 소설인 『우편배달부는 벨을 두 번 울린다』는 희곡으로 한 번, 영화로 두 번, 오페라로 한 번 각색되었다. 욕정과 살인과 배신에 관한 뜨겁고 지저분한 이 이야기의 제목은 매우 인상적이다. 케인은 제목의 유래에 관해 그때그때의 기분에 따라 두 가지 다른 이야기를 들려준다. 한 이야기에 따르면 집배원이 그에게 청구서를 배달할 때는 경고 삼아 초인종을 두 번 누르며, 개인적인 편지를 가져올 때는 한 번만 누른다고 했다. 원고를 쓰고 있을 때 매일같이 청구서가 날아 들어오면 그는 거의 미칠 지경이 되었는데, 그것이 그의 소설에 강렬한 상징성을 제공했다는 것이다. 한편 케인의 다른 이야기에 따르면, 집배원은 출판사에서 거절당한 그의 원고를 배달할 때는 벨을 두 번씩 누르곤 했다. 케인은 하도 많이 퇴짜를 맞아서 언제나 집배원이 벨을 두 번 누르리라 예상할 정도였다고 한다. 그러던 어느 날, 집배원은 벨을 한 번만 눌렀다. 앨프리드 크노프가 그의 원고를 출간하기로 한 것이었다. 그래서 자신의 어렵던 날들을 기리고자 제목을 이렇게 지었다는 얘기다.

> 가장 기억하기 힘든 책 제목은 토머스 미헌(Thomas Meehan)의 『YMA, AVA, YMA, ABBA, YMA, OONA, YMA, IDA, YMA, AGA AND OTHERS』이다.

조이스 캐리
말의 입

The Horse's Mouth (1865)

영국 작가 아서 조이스 캐리는 자신의 대표작이 될 『말의 입』을 출간하기 전에 이미 개성적인 글쓰기로 이름이 나 있었다. 이 소설에 대해 그는 "아주 기묘한 책이지만, 출판사는 개떡 같았다."라고 말한 바 있다. 과장되게 그려진 런던에서 걸리 짐슨이라는 화가가 제멋대로 살아가는 이야기를 그린 이 소설에는 여러 출판사가 달려들었다. 경쟁에서 이긴 하퍼 앤드 브라더스 사는 제목에 대해 심각한 의구심을 표하며 제목을 바꾸는 게 판매에 도움이 되리라고 했다. 캐리가 출판사 쪽에 보낸 답변에는 많은 작가가 출판사에 대해 느끼는 좌절감이 요약돼 있다. "요는 제가 정한 제목들이 작품의 필수적인 부분이라는 사실입니다. 책의 매 페이지에 제목이 나온다는 사실을 저는 한시도 잊은 적이 없습니다. …… '말의 입'이 가리키는 것은 걸리만이 아닙니다. 걸리 같은 사람으로 하여금 줄과 형태와 색깔에 맞추어 자신들의 삶과 안락을 희생하라고 요구하는 불가사의한 명령이기도 합니다. 게다가 언제나 새로운 형태, 새로운 줄이 등장하지요. …… 제 생각에는〔제목을〕바꾼다면 독자들을 이해시키는 데 실패하게 될 것 같습니다." (이 제목에서 연상되는 영어 관용구 'from the horse's mouth'는 '확실한 출처에서, 믿을 수 있는 정보통으로부터, 당사자로부터 직접' 등의 뜻이다. ─옮긴이)

레이먼드 챈들러

안녕, 내 사랑

Farewell, My Lovely (1940)

누아르의 거장 레이먼드 챈들러는 탐정 필립 말로(Philip Marlowe)가
등장하는 새 소설의 제목을 셰익스피어의 희곡 『리처드 3세*King
Richard Ⅲ*』의 한 장면을 따서 ‘두 번째 자객(The Second Murderer)’으로
하려 했었다. 셰익스피어의 이 작품에서 리처드는 자신의 왕위 등극에
걸림돌이 되는 형 클래런스에게 두 명의 자객을 보내고, 그들은 클래
런스를 찔러 죽인 뒤 와인통에 넣는다. 자객 중 하나(극중의 ‘자객 2’)
는 냉혹하게 사람을 죽이는 데 대해 잠시 양심의 가책을 느끼지만, 일
을 마친 뒤에 받을 보수를 상기시키자 마음을 돌리고 임무에 착수한
다. 챈들러의 소설은 경찰의 부패를 다룬 것이었기 때문에 비겁한 탐
욕을 떠올리게 하는 이 제목은 그에게 더할 나위 없이 만족스러웠다.

하지만 출판업자 앨프리드 크노프는 생각이 달라서, '달콤한 종들이 땡글거리고(Sweet Bells Jangle)'를 제목으로 삼고 싶어했다. 오필리아가 미친 듯해 보이는 햄릿을 묘사하면서 쓴 말이다. 챈들러는 이 제목이 문학적으로 젠체하는 것 같다면서 거부하고는, 역시 『리처드 3세』속의 대사를 인용한 '제기랄, 죽이자꾸나(Zounds, He Dies)'라는 제목을 대안으로 제시했다(순전히 농조만은 아니었다). 크노프는 현명하게도 먼저 한 발 물러남으로써 챈들러로 하여금 셰익스피어를 완전히 포기하도록 했다. 셰익스피어 인용으로는 진전을 볼 수 없었기 때문이다. 그 결과 한층 거칠고 날이 선 대화투의 제목을 고르게 되었다.

셰익스피어 작품의 어구를 따온 제목들

『멋진 신세계*Brave New World*』 (올더스 헉슬리, 셰익스피어의 『폭풍우』에서. 이하 괄호 속 작가 이름 뒤의 제목은 셰익스피어 출전)

『창백한 불꽃*Pale Fire*』 (블라디미르 나보코프, 『아테네의 타이먼』)

『전쟁의 개들*The Dogs of War*』 (프레더릭 포사이스, 『줄리어스 시저』)

『불만의 겨울*The Winter of Our Discontent*』 (존 스타인벡, 『리처드 3세』)

『잃어버린 시간을 찾아서*Remembrance of Things Past*』 (마르셀 프루스트, 「소네트 30」—영어 번역본 제목만을 말함)

『여름의 날들*Summer's Lease*』 (존 모티머, 「소네트 18」)

『로젠크란츠와 길덴스턴은 죽었다*Rosencrantz and Guildenstern Are Dead*』 (톰 스토파드, 『햄릿』)

『음향과 분노*The Sound and the Fury*』 (윌리엄 포크너, 『맥베스』)

『무언가 사악한 것이 이쪽으로 오고 있어*Something Wicked This Way Comes*』 (레이 브래드버리, 『맥베스』)

『과자와 맥주*Cakes and Ale*』 (서머싯 몸, 『십이야』)

『원숭이와 본질*Ape and Essence*』(올더스 헉슬리, 『자에는 자로』)

미국 소설 사상 가장 기억에 남을 만한 제목들의 창안자인 레이먼드 챈들러는 공책에다 쓸 만한 제목 후보를 여럿 적어두었다. 그가 쓰지 않은 제목 중에는 이런 것들이 있다. '시체는 몸소 왔다(The Corpse Came in Person)', '몇몇은 기억하겠지(A Few May Remember)', '조각난 귀의 사나이(The Man with the Shredded Ear)', '황혼의 구역(Zone of Twilight)', '위험에 앞선 작별(Parting before Danger)', '현재였다가 과거가 된 사내(The Is to Was Man)', '모든 총은 장전돼 있다(All Guns Are Loaded)', '폐허에서 돌아오다(Return from Ruin)', '애도는 하되 눈물은 노(Lament but No Tears)', '잠들기에는 늦었다(Too Late to Sleep)', '냉각(The Cool-Off)' 등. 그는 앨프리드 크노프에게 이렇게 말한 적이 있다. "'……의 이상한 이야기(The Strange Case of……)'나 '……의 수수께끼(The Puzzle of……)', 또는 '……의 신비(The Mystery of……)' 식의 제목은 정말 싫어요. 미스터리 자체를 너무 강조하는 것 같아서지요. 나는 추리소설 애호가들이 원하는 유의 복잡하고 난해한 수수께끼를 고안해낼 재주는 없는데 그런 식의 제목을 붙여놓으면 독자들이 괜한 기대를 품을 수 있거든요."

레이먼드 챈들러

높은 창문

The High Window (1942)

레이먼드 챈들러는 『브래셔 금화*The Brasher Doubloon*』와 『호수의 여인*The Lady in the Lake*』 두 소설을 동시에 집필하고 있었다. 챈들러 부부는 살기 좋은 곳을 찾아 이 아파트 저 아파트로 이사를 다니던 중이었기 때문에 글쓰기는 찔끔찔끔 진행될 수밖에 없었다. 더 이상 만지작거리기가 싫어서 챈들러는 『브래셔 금화』 원고를 출판사에 보냈다. 언제나 그랬듯이 원고 자체는 좋지만 제목은 마음에 들지 않았던 출판사 쪽은 챈들러에게 편지를 보내 서적상들이 '브래셔'를 '브래지어(brassiere)'로 발음할 수도 있다고 했다. 챈들러는 브래셔가 18세기 말에 만들어진 동전이라고 설명했지만, 결국 서적상들을 먼저 생각해야 한다는 데에 동의하고 이렇게 제안했다. "'높은 창문'은 어때요? 간결하고 암시적인 데다 궁극적이고 핵심적인 단서를 가리키잖아요."

레이먼드 챈들러는 『호수의 여인』을 끝내면서 출판사에 이런 편지를 보냈다. "저는 당신들이 퇴짜를 놓을 만큼 좋은 제목을 생각해내려 노력하고 있습니다."

윌키 콜린스
흰옷을 입은 여인

The Woman in White (1860)

영어로 된 최초의 본격 장편 추리소설을 쓴 윌키 콜린스는 빅토리아 시대 영국에서 매우 인기가 높은 작가였다. 자신의 가장 유명한 작품이 될 『흰옷을 입은 여인』을 몇 달에 걸쳐 쓰면서 그는 적당한 제목을 찾지 못해 크게 낙담하고 있었다. 어느 날 저녁 잔디에 누워 집 근처의 등대를 쳐다보다가 그는 소설의 첫 장면을 떠올렸다. "머리끝부터 발끝까지 흰옷으로 치장한 여인"이 달빛에 물든 길 위에 홀로 갑자기 나타나, 집으로 돌아가느라 서두르던 사람을 깜짝 놀라게 만들고 결국 그의 운명을 바꿔놓게 되는 장면이었다. 콜린스는 자포자기의 심정으로 이 장면을 제목으로 삼았다. 최종 결정을 하기 전에 친구인 찰스 디킨스의 견해를 물어보자 디킨스는 이렇게 답했다. "눈곱만치도 의심할 나위 없어. '흰옷을 입은 여인'이야말로 이름 중의 이름이고 제목 중의 제목이야."

⌒

에번 코넬
브리지 부인

Mrs. Bridge (1959)

나중에 컬트 문학의 고전이 될 이 소설을 쓰기 시작할 때 에번 코넬은 자신의 고향인 캔자스시티에 살았던 인디아 에드워즈라는 저명한 여성을 기억했다. '인디아(India)'라는 이름은 코넬이 염두에 두고 있었던 전형적인 중서부 부인에게는 어울리지 않는 선택일지 몰라도 그의 마음에는 들었다. 소설의 소재가 될 가족에 대해 궁리하다 보니 '브리지'라는 성이 괜찮을 듯싶었다. 브리지 놀이를 하는 컨트리클럽 모임을 연상시키는 데다, 대인 관계에서 오는 숱한 불쾌함을 피하는 방법은 그저 그것을 무시하는 것이라는—그러니까 불쾌의 심연을 가로지르는 다리를 건너는 것이라는 태도를 암시하기 때문이었다. 코넬의 에이전트는 '인디아 브리지 파일(The File on India Bridge)'은 어떠냐고 제안했지만, 코넬이 보기에는 너무 진료실 분위기가 나는 것 같았다. 코넬은 '브리지 부인'이라는 깔끔하고 단순한 제목을 선호했는데, 그 제목은 대단한 성공을 거두어서 10년 뒤에『브리지 씨*Mr. Bridge*』라는 속편을 내놓기도 했다.

돈 들릴로
화이트 노이즈

White Noise(1985)

명석하고 끔찍하면서도 코믹한 이 소설은 테크놀로지와 온갖 메시지로 포화 상태인 미국 소비문화의 표피 아래에 역설적이게도 거의 종교적인 강박증과 공포와 미신이 자리 잡고 있음을 까발린다. 작품 전체에 걸쳐 수십 개의 광고 문구와 상표, 구호, 사용설명, 기업 이름 등이 되풀이되면서 오늘날 우리를 끊임없이 공략하는 메시지의 연쇄를 상기시킨다. 지나치게 친숙한 상투어구들은 진언이나 기도의 느낌을 주기도 한다. 그런 것들 중 하나가 '파나소닉(Panasonic)'인데, 일본의 거대 가전업체 이름인 이것이 들릴로 소설의 애초 제목이었다. 이 이름은 현대 문화의 소음('sonic')과 거기서 피할 수 없음('Pan-')을 동시에 환기시킨다. 그러나 파나소닉의 변호사들이 상표 침해라면서 그 제목을 쓰지 말라고 하는 바람에 출판사와 들릴로는 좀 더 안전한 '화이트 노이즈(백색 잡음)'로 후퇴했다. 이 말은 천체물리학과 방송 용어로서, 우주와 전파를 뒤덮고 있는 무의미한 전자 신호를 가리킨다. 이 작품은 1985년 소설 부문 전미도서상을 받았다.

✑

넬슨 드밀

이 베스트셀러 작가는 말한다. "나에게 제목은 언제나 큰 문제다. 게다가 해외 출판의 시대인데 번역하기가 어렵거나 외국에선 통하지 않는 제목들이 허다하다. 가령 내 책을 내는 영국 쪽 출판사는 『탤벗 오디세이 *The Talbot Odyssey*』에 이의를 제기했는데, 이유는 '탤벗'이 영국에서 생산되는, 질이 그다지 좋지 않은 차의 이름이라는 것이었다. 그러면서 그들은 지적했다. '미국에서 '에드셀 오디세이(The Edsel Odyssey)'라는 제목의 책을 내겠습니까?' (에드셀은 포드 자동차에서 1958년에 내놨다가 대실패를 본 차종이다. 본디 헨리 포드의 죽은 아들 이름인데, 이후 '실패작, 쓸모없는 것, 팔리지 않는 상품'이라는 의미의 속어로 쓰여 사전에까지 올랐다.─옮긴이) 그래놓곤 이상하게도 본래의 제목대로 책을 냈다. 『골드 코스트*The Gold Coast*』는 또 다른 문제를 제기했다. 미국에서는 이 말이 그저 바닷가 근처의 부유한 지역을 가리키는 뜻으로 쓰여 골드 코스트가 한두 군데가 아닌 데 반해, 대부분의 유럽 나라에서 골드 코스트는 전적으로 아프리카 서북부의 황금해안을 가리키는 말이기 때문이다. 독일 출판사는 이 제목을 절대로 쓸 수 없다면서 '밤의 냉기 속에서(In Der Kalte Der Nacht)'라는 제목으로 바꾸었다. 다른 유럽 출판사들은 '골드 코스트'를 말 그대로 번역하되 표지 디자인과 광고 문구를 통해 제목이 아프리카 황금해안을 가리키는 게 아님을 독자들이 알 수 있도록 했다. 말이 나온 김에 덧붙이자면, 나는 개츠비 스타일의 주인공이 등장하는 이 소설의 제목으로 다른 것도 여러 가지 생각했었다. '북부 해안(The North Shore)'과 '녹색 신호등(The Green Light)' 등이 그것인데, 막판에 '골드 코스트'로 결정을 내리는 바람에 이런 망할 놈의 혼란이 초래된 것이다. 성서에서 따온 『바빌론의 여러 강가에서*By the Rivers of Babylon*』는 알아듣기에 아주 쉬운 제목이었지만(「시편」 137편에 이 구절이 나온다.—옮긴이), 일본 쪽에서는 사정이 달라서 바빌론에 강이 몇 개나 되느냐는 질문을 받기도 했다. 『명예를 건 약속*Word of Honor*』은 군사재판을 다룬 작품이기 때문에 제목이 적절해 보였는데도, 내가 받는 독자 편지의 절반은 이것을 '명예의 세계(World of Honor)'라 쓰고 있다. 『매력학교*The Charm School*』(여성에게 사교술 · 화술 · 미용 · 에티켓 등을 가르치는 학교. 한국에선 보통 '차밍스쿨'이라 한다.—옮긴이)는 원래 '교양학교(The Finishing School)'가 제목이었다. 불행하게도 내 책이 나오기 직전에 다른 작가(게일 고드윈)의 대작이 바로 그 제목으로 출간됐기 때문에 마지막 순간에 제목을 바꾸어야 했다. 하지만 나는 예전에 어느 고참 편집자가 해준 말을 늘 기억하고 있다. 소설을 베스트셀러로 만들어주는 제목이 따로 있는 게 아니라 많이 팔린 소설의 제목이 바로 베스트셀러 제목이라는 것 말이다."

ᕫ

찰스 디킨스
황폐한 집

Bleak House (1853)

'잔다이스 대 잔다이스(Jarndyce and Jarndyce)'로 알려진, 결코 끝나지 않을 듯이 계속되는 소송을 다룬 디킨스의 아홉 번째 소설은 한 달에 한 권씩 분책을 내면서 1년 반 만에 완간되었다. 작가는 연재하는 내내 제목을 두고 고심했던 것으로 보인다. 런던의 빅토리아 앤드 앨버트 박물관에 이 작품 원고 원본이 보관되어 있는데, 거기에는 여러 제목이 씌어 있다. '톰올얼론스의 몰락한 집(Tom-All-Alone's The Ruined House)', '황폐한 집 학교(Bleak House Academy)', '동풍(The East Wind)', '톰올얼론스의 몰락한 방앗간(Tom-All-Alone's The Ruined Mill)', '재판정에 갔다가 빠져나오지 못한 톰올얼론스 공장(Tom-All-Alone's Factory that Got Into Chancery and Never Got Out)' 등등('톰올얼론스'는 소설에 나오는 형편없이 쇠락한 빈민가의 이름이다.—옮긴이).

디킨스가 『마틴 처즐위트 *Martin Chuzzlewit*』(1844)의 제목을 확정하기 전에 만지작거렸던 후보들 중에는 '마틴 스위틀듀(Martin Sweetledew)', '마틴 처즐토(Martin Chuzzletoe)', '마틴 스위틀백(Martin Sweetleback)', '마틴 스위틀왜그(Martin Sweetlewag)' 등이 있다.

찰스 디킨스
어려운 시절

Hard Times(1854)

디킨스는 1853년 8월에 『황폐한 집』 집필을 끝내자마자 『어려운 시절』에 착수했다. 그러나 이 다작가가 늘 그렇듯이, 제목을 정하기까지는 시간이 좀 걸렸다. 그는 몇 가지 제목 후보를 뽑아 편집자에게 보내면서 검토를 부탁했다. "지금부터 두 시 어름까지 살펴보시면 그때 내가 다시 물어보겠소. 아시다시피 나는 평소처럼 금요일에 이 제목들을 메모해두었어요. 이중 셋은 아주 좋은 것 같아요. 당신이 그 셋을 맞추는지 보고 싶소." 디킨스가 특히 좋아한 셋이 어느 것인지는 알 수 없지만, 그가 편집자에게 넘쳐나게 보낸 후보 제목들은 다음과 같다. '정확하게는 (According to Cocker)', '증명해봐(Prove It)', '완강한 일들(Stubborn Things)', '그래드그라인드 씨의 사실들(Mr. Gradgrind's Facts)', '숫돌 (The Grindstone)', '2 더하기 2 는 4(Two and Two Are Four)', '눈에 보이는 것(Something Tangible)', '빈틈없는 친구(Our Hardheaded Friend)', '녹과 먼지(Rust and Dust)', '단순한 산수(Simple Arithmetic)', '계산의 문제(A Matter of Calculation)', '단지 숫자의 문제(A Mere Question of Figures)', '그래드그라인드 철학(The Gradgrind Philosophy)' 등. 물론 '어려운 시절'도 들어 있다. 디킨스는 이 제목들 말고도 '사실(Fact)', '빈틈없는 그래드그라인드(Hard-headed Gradgrind)', '냉정한 머리와 부드러운 가슴(Hard Heads and Soft Hearts)', '머리와 이야기(Heads and Tales)', '흑과 백(Black and White)' 역시 검토했다.

시어도어 드라이저
시스터 캐리

Sister Carrie (1900)

세기가 바뀔 무렵 드라이저 부부는 뉴욕 시 웨스트 102번가의 아파트에서 살고 있었다. 오하이오에서 막 뉴욕에 도착한 드라이저의 친구 아서 헨리(Arthur Henry) 역시 그들과 함께 살고 있었다. 작가가 되고 싶었던 헨리는 장편소설을 쓰기 시작하면서 당시 기자로 일하던 드라이저를 부추겼다. 드라이저도 소설을 쓰면 두 사람이 함께 문학을 하면서 서로를 격려할 수 있지 않겠느냐는 것이었다. 드라이저는 처음에는 망설였지만 헨리는 계속 고집을 부렸다. 나중에 드라이저는 이렇게 회고했다. "결국 난 노란 종이 한 장을 꺼내서 머리에 떠오르는 제목을 아무렇게나 적었다. 그 친구를 기쁘게 해줄 요량이었는데, 그 제목이 '시스터 캐리'였다. …… 제목 말고는 내 머릿속은 완전 백지였다. 주인공이 누구이며 어떤 사람일지에 대해 아무런 생각이 없었다. 그 일을 떠올리면 어쩐지 신비롭다는 생각이 든다. 마치 내가 영매(靈媒)처럼 무언가의 수단으로 쓰인 듯한 기분이다."

시어도어 드라이저
미국의 비극

An American Tragedy (1925)

(실제 사건에 바탕을 둔) 사랑의 실패와 끔찍한 살인을 다루어 선풍적인 인기를 끈 이 소설을 처음 쓰기 시작할 때부터 드라이저는 마음속으로 제목을 확고히 정해두고 있었다. 그러나 그의 책을 펴내는 현란한 스타일의 출판업자 호러스 리브라이트(Horace Liveright)는 그에 아랑곳하지 않고 제목을 주인공의 이름으로 바꾸기를 원했다. (심약한 살인자 클라이드 그리피스[Clyde Griffiths]의 이름을 딴) '그리피스'라는 제목은 드라이저에게껜 끔찍하게 여겨졌다. 리브라이트는 드라이저에게 생각을 바꾸거나 적어도 주인공의 이름을 바꿔달라고 사정했다. 그는 드라이저에게 이런 편지를 보냈다. "다시 한 번 애원하겠소. 책 제목은 '유잉(Ewing)'이나 '워너(Warner)', 아니면 다른 좋은 인명으로 합시다……. 이러는 제가 상업적으로 보이겠죠. 하지만 책이 잘 안 팔리면 결국 당신은 저를 쫓아다니며 뭐라고 할 거 아닙니까." 그러나 단순한 인명으로는 베스트셀러 급의 호소력을 지니기 어렵다고 생각한 드라이저는 이런 말에 흔들리지 않고 서사시적 스케일을 지닌 최초의 제목을 끝까지 고집했다.

조지 엘리엇
플로스 강의 물방앗간

The Mill on the Floss (1860)

조지 엘리엇(여성 작가로 본명은 메리 앤 에번스다.—옮긴이)이 시골의 습속을 다룬 자신의 소설 제목과 관련하여 출판업자 존 블랙우드(John Blackwood)에게 보낸 품위 있는 편지는, 현대 출판의 소란한 양상과는 전혀 달랐던 지난 시절에 대한 향수를 자극한다. 엘리엇은 1859년 말에 블랙우드에게 이런 편지를 보냈다. "저희는 '플로스 강의 세인트 오그스(St. Ogg's on the Floss)'를 검토해 보았으나 적절치 않은 것 같아 이의를 제기하고자 합니다. 〔저희는〕 먼저 생각했던 '시스터 매기(Sister Maggie)' 보다는 '털리버 집안(The House of Tulliver)'이 낫다고 봅니다. 게으른 영국인들의 혀로도 쉽게 발음된다는 게 장점이라 하겠는데, 다만 너무 최신 유행을 따르는 느낌이 있습니다('뉴컴 일가[The Newcomes]'나 '버트램 일가[The Bertrams]' 같은 작품들을 보십시오). 이 제목이 아니라면 '털리버 가족(The Tulliver Family)'도 있습니다. 부디 숙고하시고 의견을 말씀해 주십시오." 며칠 뒤 블랙우드는 이렇게 답해왔다. "갑자기 '플로스 강의 물방앗간'이 적절하겠다는 생각이 떠올랐습니다. 이 제목은 앞서 검토했던 것들보다 더 적절할 뿐 아니라 묘한 흥미를 느끼게 합니다. 또한 어떤 시적인 울림까지 지니고 있습니다." 이런 영감 넘치는 제안에 접한 엘리엇은 우아하게 동의하면서 "발음하기에 조금 어렵지는 않을까" 하는 우려만을 표명했다. 자신이 제시한 제목이 정말 엘리엇의 마음에 드는지를 확실히 하기 위해 블랙우드는 두 개의 제목 후보를 각기 인쇄한 견본을 만들었다. 엘리엇이 그 둘을 검토한 결과 '플로스 강의 물방앗간' 쪽이 '털리버 집안' 보다 눈에 잘 들어온다고 판단했고, 당연히 그것을 제목으로 골랐다.

걸출한 비평가 겸 편집자 어빙 하우(Irving Howe)는 동유럽 유대인들의 미국 이민사를 다룬 감동적인 책『우리 아버지들의 세계 *World of Our Fathers*』로 1976년 전미도서상을 받았다. 어느 날 저녁 이 책에 대해 강연을 하던 중 어떤 여성이 책 제목을 왜 '우리 아버지와 어머니들의 세계(World of Our Fathers and Mothers)' 로 하지 않았느냐고 따졌다. 하우는 이렇게 응수했다. "'우리 아버지들의 세계' 는 책 제목 같지만, '우리 아버지와 어머니들의 세계' 는 연설문 제목에나 어울립니다."

윌리엄 포크너
압살롬, 압살롬!

Absalom, Absalom! (1936)

미국의 이른바 '올드 사우스(Old South)' 를 무대로 삼은 이 작품을 많은 사람들은 포크너의 가장 어렵고 복잡한 소설로 간주한다. 당초에는 남부 정체성의 숨은 특성을 상징하는 의미에서 제목을 '어두운 집(Dark House)' 이라고 할 참이었다. 감수성이 예민한 퀜틴 콤프슨(『음향과 분노 *The Sound and the Fury*』에 등장했던 인물)을 화자로 삼은 『압살롬, 압살롬!』은 남북전쟁이 벌어지기 전 남부에 거대한 농원을 세우려는 한 남자의 노력과, 그 노력이 자식들에 의해 무너지는 과정을 들려준다. 포크너는 책의 제목을 찾기 위해 성경을 참조했는데, 압살롬과 그 아버지인 다윗 왕의 비극적인 이야기를 다룬 「사무엘 하」 18장에서 맞춤한 대목을 찾아냈다: "차라리 내가 너를 대신하여 죽었더라면, 압살롬 내 아들아 내 아들아!"

윌리엄 포크너는 자신이 쓴 어떤 소설의 제목으로 '십자가: 우화(The Cross: A Fable)'를 염두에 두었는데, 겉표지에 제목을 리버스(rebus), 즉 그림을 이용한 글자 수수께끼 형태로 제시하기를 원했다. 하지만 출판사에서 이의를 제기했다. 도서관 사서들이 글자 수수께끼 제목을 알파벳 순서에 따른 카드 색인 목록에서 제 자리에 앉히기 어렵다는 이유에서였다. 그래서 제목은 간단하게 『우화 *A Fable*』로 정해졌다.

윌리엄 포크너
음향과 분노

The Sound and the Fury (1929)

가상의 지역인 요크나파토파(Yoknapatawpha) 군을 무대로 이제는 몰락한 대가문 콤프슨 일가의 이야기를 영화처럼 다룬 소설이다. 독자는 몇 페이지도 지나지 않아 화자가 백치라는 사실에 놀라게 된다. 본래는 이 벤지 콤프슨―자신이 보는 것을 묘사할 수는 있어도 그 의미는 이해 못하는―의 목소리만으로 소설 전체를 이끌어갈 생각이었지만, 그렇게

하면 독자 누구도 책을 읽어내지 못할 것임을 포크너는 알았다. 그래서 벤지를 이어 두 형이 잇따라 화자로 나서도록 했다. 제목은 『맥베스 *Macbeth*』 5막에서 따왔다.

> 맥베스: 꺼져라, 꺼져라, 가냘픈 촛불이여!
>
> 인생은 걸어가는 그림자, 제가 맡은 시간에는
>
> 무대 위에서 우쭐대고 안달하지만
>
> 이내 사라져버리는 가련한 배우일 뿐. 삶이란
>
> 백치가 떠드는 이야기, 음향과 분노로 가득하지만
>
> 아무런 의미도 없다네.

윌리엄 포크너
팔월의 빛

Light in August(1932)

남부의 가난한 백인들과 인종 간 증오를 다룬 『팔월의 빛』에 대해 포크너는 이렇게 밝힌 바 있다. "어떤 의미에서 이 책의 제목은 소설 자체와 아무런 관련도 없다." 『압살롬, 압살롬!』의 제목으로 쓰고자 했던 '어두운 집'이 집필 기간에 이 소설의 가제 구실을 했지만, 작가는 흡족하게 생각지 않았다. 제목에 관해 영감을 준 것은 포크너 부인의 우연한 언급, 즉 8월의 남부에 내리쬐는 햇빛은 독특한 질감을 지니고 있어서 다른 어느 곳의 햇빛과도 다르다는 말이었다. 포크너는 이 이미지가 마음에 들었고, 즉흥적으로 제목으로 삼았다.

∽

F. 스콧 피츠제럴드
위대한 개츠비

The Great Gatsby (1925)

최상류층의 삶과 불륜을 다룬 피츠제럴드의 이 뛰어난 소설은 1920년대 '재즈 시대'를 대표하는 작품이 되었다. 제목만으로도 롱아일랜드의 맥고모자와 저택들, 줄무늬 양복, 금주 시대의 칵테일, 끝없는 파티 따위가 떠오른다. 제목으로서는 완벽해 보인다. 그러나 스크리브너스(Scribner's) 출판사가 이 책의 출간을 준비하던 1924년 1년 동안 피츠제럴드는 편집자 맥스웰 퍼킨스(Maxwell Perkins)에게 끊임없이 책 제목에 관한 걱정을 털어놓았다. 피츠제럴드가 선호한 제목은 '웨스트 에그의 트리말키오(Trimalchio in West Egg)'였다(트리말키오는 로마 시대의 작가 페트로니우스가 쓴 소설 『사티리콘*Satyricon*』에 나오는 부유한 후원자다). 퍼킨스가 반대하자 피츠제럴드는 다른 제목들을 생각해냈다. 퍼킨스에게 보낸 편지는 갈수록 필사적인 어조를 띠었는데, 거기서 자주 언급된 것이 '황금 모자를 쓴 개츠비(Gold-hatted Gatsby)'와 '약동하는 연인(The High-bouncing Lover)'이었다. 작가 링 라드너(Ring Lardner)는 '트리말키오'가 발음하기에 너무 안 좋다고 주장했다. 퍼킨스는 '위대한 개츠비'라는 제목이 싱클레어 루이스의 『배빗*Babbitt*』과 너무 비슷하다고 생각했다. 피츠제럴드는 그 어느 제목에 대해서도 안심을 못했고, 『위대한 개츠비』가 출판된 뒤에도 퍼킨스에게 보낸 편지에서 '웨스트 에그의 트리말키오'를 끝까지 고집하지 않은 것을 후회했다.

J. P. 돈리비(James Patrick Donleavy)의 말장난 제목들

『나의 창조주 미친 분자를 소개합니다 *Meet My Maker, the Mad Molecule*』
『새뮤얼 S의 가장 슬픈 여름 *The Saddest Summer of Samuel S.*』
『발타자르 B의 짐승 같은 행복 *The Beastly Beatitudes of Balthazar B.*』
『다시 댄서의 운명 *The Destinies of Darcy Dancer*』

포드 매독스 포드
훌륭한 병사

The Good Soldier (1915)

영국 출신 소설가 포드 매독스 포드(본명은 포드 허먼 휘퍼)는 삶을 바라보는 뚱한 시선과 다른 작가들과의 긴장된 관계로 잘 알려져 있다. 그는 동료 작가들을 경쟁자로 보았다. 사각 연애를 다룬 『훌륭한 병사』는 나중에 그의 걸작으로 평가받게 되는데, 그는 처음에 이 작품의 제목을 '슬픈 이야기(The Saddest Story)'로 할 계획이었다(그 말은 내용을 적절히 표현한 것이다). 그러나 제1차 세계대전 기간 중에서도 1915년은 영국으로선 최악의 시기였기 때문에, 출판사에서는 애국심을 고취하고 국민적 사기를 진작하고자 좀 더 긍정적이고 애국적인 제목을 달자고 그를 설득했다. 그 때문에, 소설 속에 군사적인 내용이 전혀 등장하지 않음에도 이런 제목이 붙게 되었다.

아방가르드 시인 E. E. 커밍스(Cummings)가 자기 이름을 절대로 대문자로 표기하지 않았다는 애기는 사실과 다르다. 하지만 그는 자기 책에 아주 이상한 제목들을 달곤 했는데, 가령 이런 식이었다. 『&』, 『*XLI Poems*』(XLI는 로마 숫자로 41—옮긴이), 『*HIM*』, 『*W(ViVa)*』, 『*No Thanks*』, 『*1×1*』, 『*CIOPW*』(charcoal, ink, oils, pencil, watercolor의 머리글자), 그리고 『나: 여섯 개의 비강의 *i: SIX NONLECTURES*』 등. 그는 1930년엔 아예 제목이 없는 책을 내기도 했다.

E. M. 포스터
천사들도 발 딛기 두려워하는 곳

Where Angels Fear to Tread (1905)

영국의 에세이스트이자 소설가인 포스터는 무명작가 시절 처음 쓴 원고를 『블랙우즈 매거진』에 보내면서 작품이 잡지에 분재되기를 기대했다. 그러나 블랙우즈에선 소설을 곧바로 단행본으로 펴내자고 제안했다. 다만 포스터가 정한 '몬테리아노(Monteriano)'라는 제목에 대해서는 유보적인 태도를 보였다. 제목은 소설의 무대인 이탈리아 소도시의 이름이었는데, 너무 이국적이어서 독자들을 불편하게 만들지 않을까 했던 것이다. 출판사는 '의무감의 발로(From a Sense of Duty)'나 '천사들도 발 딛기 두려워하는 곳'을 대안으로 제시했다. 이중 후자는 18세기 시인 알렉산더 포프(Alexander Pope)의 『비평에 관한 에세이*Essay on Criticism*』 중 "왜냐하면 바보들은 천사들도 발 딛기 두려워하는 곳으로 달려가기 때문이다."라는 문장에서 따온 어구였다. 첫 책을 내고 싶은 열망이 간절했던 포스터는 '천사들……'을 택했지만 그 제목을 결코 탐탁해하지 않았다. 어느 정도였냐 하면 레너드 울프(Leonard Woolf)와 버지니아 울프(Virginia Woolf) 부부에게 책을 보내면서 표지의 제목에 줄을 그을 정도였다. 『맨체스터 가디언』 신문 서평에서도 제목이 마음에 들지 않았던 듯 "역겹고 감상적이며 진부하다."라고 지적했다.

이 자리는 통상 책의 내용을 짧게 설명하는 데 할애된다. 그러나 여기서 나는 스타인 양이 무슨 말을 하는지 모른다는 사실을 솔직히 인정해야겠다. 나로서는 제목의 의미조차 이해하기 어렵다.
―거트루드 스타인(Gertrude Stein)의 『미국의 지리학적 역사, 또는 인간 본성과 인간 정신의 관계*The Geographical History of America or the Relation of Human Nature to the Human Mind*』(1936)의 겉 커버에 이 책을 출판한 베닛 서프(Bennett Cerf) 명의로 인쇄된 글.

게일 고드윈

게일 고드윈은 현대 미국의 가장 저명한 소설가 중 한 사람이다. 여기 그녀가 자신의 책 제목들에 대해 쓴 글이 있다.

"제목들 중 둘은 책에 대한 구상과 동시에 떠올랐고 책 전체의 내용과 떼려야 뗄 수 없는 관계를 지닌다. 『교양학교*The Finishing School*』(1985)와 『남부의 가족*A Southern Family*』(1987)이 그것이다. 다른 사람한테서 받은 제목으로는 『유리 인간들*Glass People*』(1972)이 유일하다. 한 친구가 당시만 해도 '유예된 여인(Suspended Woman)'이라는 제목을 달고 있던 원고를 읽어보고는 이렇게 말했다. '이 사람들은 유리처럼 부서지기 쉽고 예민하군요. 그리고 어떤 식으로든 언제나 거울을 들여다보고 있잖아요! 뭐랄까…… 유리 인간들 같아요.'

『우울 아버지의 딸*Father Melancholy's Daughter*』(1991)은 내가 작가 페스티벌에 참가하느라 채터누가행 비행기에 오를 때까지만 해도 '빈카(Vinca)'였고, 나는 더 나은 제목을 바라고 있었다. (내 앞으로 몇 좌석 떨어져 앉아 있던) 소설가 워커 퍼시의 등을 바라보면서 이 문제를 계속 궁리하던 차에 어구가 떠올랐다. 완벽한 제목이었다. (그러나 나의 〔당시〕 출판업자는 이 제목에 동의하지 않았다. 그는 자기가 보기에 '우울 아버지의 딸'이 '대박이 날 만한 제목은 아니'라고 말했다. 나는 그게 대박용 책은 아니며, 그저 자그만 책으로 치부하는 게 마음 편하다면 그렇게 생각하시라고 대답했다.)

곧(1993년) 집필이 끝날 새 소설의 제목은 본래 '면계실(免戒室, Misericord)'이었지만, 이번에도 역시 비행기를 타고 가면서 더 나은 제목을 궁리하던 중 완벽한 제목을 생각해냈다. 『좋은 남편*The Good Husband*』이었다. (최근에 조수를 시켜서 그 원고의 몇 장〔章〕을 복사해 오도록 했는데, 조수가 전하기를 어떤 여성이 어깨 너머로 제목을 보더니 코웃음을 치며 이렇게 말했다고 한다. '하! 어디 말이에요? 좋은 남편을 찾거든 좀 알려주세요.')"

∽

수 그래프턴
알리바이의 'A'

"A" Is for Alibi (1982)

1982년에 수 그래프턴은 여형사 킨지 밀혼(Kinsey Millhone)이 등장하는 추리물 『알리바이의 'A'』를 내놓았다. 이어서 알파벳 순서에 따라 『도둑의 'B' *"B" Is for Burglar*』가 나오자 현대 출판계에서 가장 흥미진진한 추측 게임의 하나가 시작되었다. 그녀는 알파벳 스물여섯 글자가 순서대로 제목에 등장하는 작품을 모두 쓸 것인가, 그리고 그 책들의 제목은 무엇이 될 것인가 하는 추측이었다. 지금까지 그래프턴은 위의 두 작품 말고도 19편의 시리즈를 더 내놓았는데, 다음과 같은 식이다.

『시체의 'C' *"C" Is for Corpse*』, 『부랑자의 'D' *"D" Is for Deadbeat*』, 『증거의 'E' *"E" Is for Evidence*』, 『도망자의 'F' *"F" Is for Fugitive*』, 『탐정의 'G' *"G" Is for Gumshoe*』, 『살인의 'H' *"H" Is for Homicide*』, 『무죄의 'I' *"I" Is for Innocent*』, 『심판의 'J' *"J" Is for Judgement*』.

출판사는 영리하게도 전국의 독자와 서적상들을 대상으로 'J'에 해당하는 제목을 맞추는 콘테스트를 실시했다. 응모된 단어들 중에는 배심(Jury), 위험(Jeopardy), 융(Jung), 할라페뇨(Jalapeño, 칠리고추의 일종─옮긴

이), 호호바(Jojoba, 북미산〔産〕 회양목과의 관목—옮긴이), 젤오(Jell-O) 등이 있었다. ‘J’에 이어서는『살인자의 ‘K’ *"K" Is for Killer*』,『무법의 ‘L’ *"L" Is for Lawless*』,『악의의 ‘M’ *"M" Is for Malice*』,『올가미의 ‘N’ *"N" Is for Noose*』,『무법자의 ‘O’ *"O" Is for Outlaw*』,『위험의 ‘P’ *"P" Is for Peril*』,『사냥감의 ‘Q’ *"Q" Is for Quarry*』,『튀는 탄환의 ‘R’ *"R" Is for Ricochet*』,『침묵의 ‘S’ *"S" Is for Silence*』,『침입의 ‘T’ *"T" Is for Trespass*』,『암류의 ‘U’ *"U" is for Undertow*』까지가 나와 있다(2009년 12월을 기준으로 원서의 제목 소개를 보완했다.—옮긴이).

그런데 그래프턴은 어떻게 해서 이런 제목의 추리물 시리즈를 쓰기 시작한 걸까? “서로 연결되거나 관련되는 제목을 가진 추리물에 관심을 가지게 된 것은 아버지 코닐리어스 워런 그래프턴 때문이었다. 아버지는 돼지를 데리고 울타리 계단을 넘으려 하는 할머니에 관한 아이들용 동요 시리즈를 기획했으나 겨우 두 권으로 그치고 말았다(『쥐가 로프를 갉아먹기 시작했어요 *The Rat Began to Gnaw the Rope*』와『로프가 푸주한의 목을 걸기 시작했어요 *The Rope Began to Hang the Butcher*』). 나는 시리즈 책 제목에 색깔을 넣은 존 D. 맥도널드(John D. MacDonald)와 요일 이름을 사용한 해리 케멀먼(Harry Kemelman)의 오랜 팬이었다. 어느 날 나는 에드워드 고리(Edward Gorey)의 만화책을 보고 있었다. 다양한 방식으로 ‘끝장나는’ 빅토리아 시대 아이들의 이야기를 펜화로 그린 것인데, 가령 ‘B는 곰에게 잡아먹힌 배실(B is for Basil devoured by Bears)’, ‘K는 도끼에 맞아 죽은 케이트(K is for Kate killed with an Axe)’ 같은 식이었다. 나는 만화에서처럼 머리 위 전구에 불이 들어오는 것을 느꼈다.

그래, 알파벳 순서로 범죄 소설 시리즈를 쓰지 못할 게 뭐야?"

그래프턴은 밀혼 시리즈의 마지막 권 제목을 벌써 정해놓았다. '제로의 'Z'("Z" Is for Zero)'가 그것이다. 그녀는 또 알파벳 시리즈를 끝낸 뒤에는 제목에 숫자를 단 시리즈에 착수할 생각이라고 밝히고 있다.

많은 사람들이 최고의 미스터리 시리즈로 평가하는 존 D. 맥도널드의 트래비스 맥기(Travis McGee) 시리즈는 모든 책 제목에 색깔이 들어가는 게 특징적이다. 맥도널드가 그렇게 한 것은 독자들이 같은 책을 두 번 사지 않도록 제목을 기억하기 쉽게 하려는 의도에서였다(미스터리 중독자라면 십이분 공감할 터이다). 맥기가 등장하는 작품은 다음과 같다.

『깊고 푸른 안녕 The Deep Blue Goodbye』, 『핑크빛 악몽 Nightmare in Pink』, 『자줏빛 죽음의 장소 A Purple Place for Dying』, 『날쌘 붉은 여우 The Quick Red Fox』, 『치명적 황금 빛깔 A Deadly Shade of Gold』, 『밝은 오렌지색 수의 Bright Orange for the Shroud』, 『호박(琥珀)보다 짙은 Darker than Amber』, 『두려움에 떠는 노란 눈동자 One Fearful Yellow Eye』, 『죄인의 창백한 잿빛 Pale Gray for Guilt』, 『갈색 포장지에 싸인 여자 The Girl in the Plain Brown Wrapper』, 『그녀에게 감색 옷을 입혀라 Dress Her in Indigo』, 『연자줏빛 긴 시선 The Long Lavender Look』, 『볕에 타고 모래가 묻은 침묵 A Tan and Sandy Silence』, 『주홍색 계략 The Scarlet Ruse』, 『청록색 애도 The Turquoise Lament』, 『공포의 레몬색 하늘 The Dreadful Lemon Sky』, 『텅 빈 구릿빛 바다 The Empty Copper Sea』, 『녹색 살인자 The Green Ripper』, 『심홍색의 자유낙하 Free Fall in Crimson』, 『계피색 피부 Cinnamon Skin』, 『외로운 은색 비 The Lonely Silver Rain』 등 모두 21권이다. 맥도널드는 제목에 생강빛(ginger) 즉 황갈색이 들어가는 맥기 시리즈 새 작품에 착수하려던 차에 1986년 숨을 거두었다. 출판계에는 맥도널드의 캐비닛 어딘가에 맥기 시리즈의 마지막 작품 원고가 보관되어 있다는 소문이 오랫동안 돌고 있다. 우울하다 싶을 정도로 생각이 많은가 하면 돈키호테적인 '샐비지(salvage) 컨설턴트' 맥기의 최후를 다룬 이 작품의 제목은 『맥기에게 검은 테두리를 A Black Border for McGee』이라고 한다.

∾

대실 해밋
피의 수확

Red Harvest(1929)

추리소설 거장 해밋이 젊은 시절 『블랙 마스크』 같은 잡지에 싸구려 소설을 쓰거나 사설탐정 노릇을 하면서 여러 해를 보낸 뒤에 쓴 첫 장편 소설의 제목은 원래 '포이즌빌(Poisonville)'이었다. 그러나 제임스 M. 케인과 레이먼드 챈들러의 책을 내고 있던 출판업자 앨프리드 크노프는 저자들이 택한 책 제목에 이의를 제기하는 것으로 악명이 높은 사람이었다. 그는 '포이즌빌'이 "가망 없는" 제목이라면서 해밋에게 더 나은 제목을 찾아보라고 했다. 해밋은 머리를 짜서 '열일곱 번째 살인(The Seventeenth Murder)', '살인 더하기(Murder Plus)', '윌슨 문제(The Wilsson Matter)', '죽음의 도시(The City of Death)', '포이즌빌의 정화(The Cleansing of Poisonville)', '검은 도시(The Black City)' 같은 제목들을 생각해냈다가 결국은 다 버린 뒤에야 '피의 수확(Red Harvest)'에 착안했는데, 이 제목은 좌익 급진주의와 낭자한 유혈을 동시에 연상시키는 효과가 있었다. 서적상들 역시 크노프와 마찬가지로 '포이즌빌'은 정말로 "가망 없고" '피의 수확'이 훨씬 흥미롭다고 하자 해밋은 제목을 바꾸는 데 동의했다.

프리치(Prizzi) 시리즈의 제목은 시칠리아 북서부의 소도시 프리치의 이름과 마피아들이 오불관언하는 것들, 즉 명예와 가족, 영광 등을 냉소적으로 조합해서 만들었다.

—리처드 콘던(Richard Condon)

(프리치 시리즈로는 『프리치의 명예*Prizzi's Honor*』, 『프리치의 가족 *Prizzi's Family*』, 『프리치의 영광*Prizzi's Glory*』, 『프리치의 돈*Prizzi's Money*』이 있다.—옮긴이)

대실 해밋
몰타의 매

The Maltese Falcon (1930)

해밋은 자신의 가장 유명한 작품이 될 탐정소설의 제목을, 확실한 줄거리를 구상하기도 전에 곧바로 생각해냈다. 그러나 이번에도 역시 제목을 놓고 앨프리드 크노프와 갈등을 겪었다. 크노프는 이렇게 투덜거렸다. "제목에 좀 더 신경을 써야 해요. 사람들은 책 제목이나 저자의 이름이 발음하기 어려우면 서점에 가서 책을 달라고 하는 걸 꺼리거든요. 우리가 생각하는 것 이상으로 그래요." 흥미롭게도 크노프는 '매(Falcon)'라는 단어가 장애물이 되리라고 생각했다. 해밋이 캘리포니아 사람들은 그의 제목들을 좋아한다고 말하자 크노프는 이렇게 쏘아붙였다. "시골 사람들의 생각은 중요하지 않아요." 알곤킨 원탁 모임 (Algonquin Round Table)의 멤버였던 작가 도로시 파커(Dorothy Parker) 역시 크노프와 마찬가지로 해밋의 제목들을 싫어했다. 파커는 해밋이

"자신의 소설들에 시원찮은 제목을 붙이는 데 드문 천재성을 지녔다."
라고 비꼬았다. (알곤킨 원탁 모임이란 1919년부터 29년까지 도로시 파커, 로버
트 벤칠리, 해롤드 로스를 비롯한 당대의 뉴욕 문인·언론인·예술가들이 알곤킨
호텔에서 점심때마다 만나 식사와 담화를 즐긴 데서 생긴 이름이다.—옮긴이)

앨런 거개너스
남부연합 최고령 과부가 모든 것을 말하다
Oldest Living Confederate Widow Tells All (1989)

    1982년 여름 미국 남부 출신 작가 거개너스는 뉴욕 주에 있는 야도
(Yaddo) 예술인 작업공동체에 머물고 있었다. 그때 그는 『뉴욕타임스』
에서 남부연합 병사들의 부인 몇 명이—남북전쟁이 끝난 지 120년이 지
났는데도—아직 생존해서 정부가 주는 연금을 받고 있다는 짧은 기사를
보았다. 기사에는 "남부연합 최고령 과부"라는 구절이 들어 있었다. 그
구절을 보는 순간 거개너스는 온몸에 전율이 일었다. "수영을 하러 가려
던 참이었는데, 도로 방으로 돌아와 네 시간 동안 자판을 두들겼다. 소
설의 처음 30쪽을 쓰고서야 자리에서 일어섰다……. 처음에는 35쪽짜
리 단편이라고 생각했고, 이어서는 100쪽짜리 중편이 될 줄 알았다.
1,200쪽의 원고를 쓴 뒤에 나는 그것이 단지 주인공 루시(Lucy)의 이야
기가 아니라 모든 사람의 이야기라는 사실을 깨달았다."

로레인 핸즈베리
햇볕 속의 건포도

A Raisin in the Sun(1959)

시카고 태생인 핸즈베리는 브로드웨이 무대에 오른 희곡을 쓴 최초의 아프리카계 미국 여성 극작가다. 연극비평가협회상을 받은 이 작품은 게토의 삶을 벗어나 백인들이 사는 쾌적한 교외로 이사 가고자 분투하는 흑인 가족의 노력을 그린다. 핸즈베리 작품 속의 가족이 절감하는 사회의 부정의와 편협성은 랭스턴 휴스(Langston Hughes)의 시 「할렘(Harlem)」의 다음 대목에 잘 표현되어 있다.

연기된 꿈은 어떻게 될까?

햇볕 속의 건포도처럼

말라비틀어질까?

(……)

아니면 폭발해버릴까?

> 랜덤 하우스(Random House)의 창립자이자 불굴의 출판인으로 유명한 베넷 서프가 제2차 세계대전 중 군대에 납품할 『십계명 *The Ten Commandments*』이라는 제목의 책 때문에 고민하고 있었다. 내용이 너무 방대했기 때문이다. 한 편집자가 이렇게 제안했다. "십계명 중 다섯 개만 쓰고 제목을 '세계 최고의 계명 정선(精選)(A Treasury of the World's Best Commandments)'이라고 붙이면 어떨까요?"

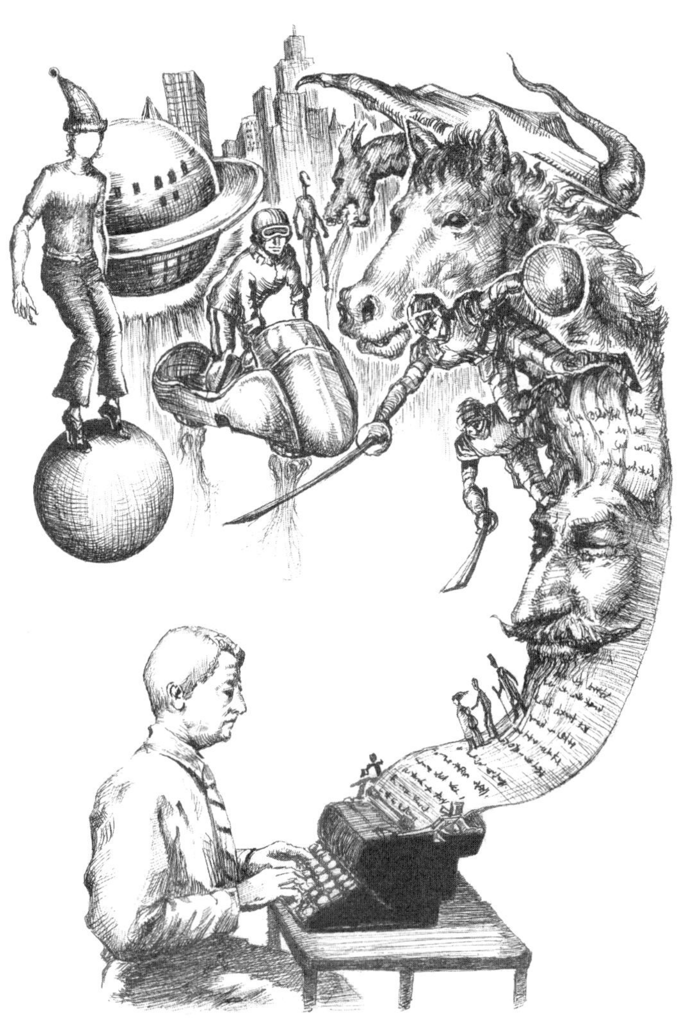

토머스 하디
광란의 무리를 떠나서

Far From the Madding Crowd(1874)

가브리엘 오크와 바스시바 에버딘이 주변 사람들의 격렬한 열정 속에서도 사랑을 이어가는 이야기를 다룬 하디의 이 소설 제목은 토머스 그레이(Thomas Gray)의 1750년 시 「시골의 어느 묘지에서 쓴 비가(Elegy Written in a Country Churchyard)」에서 왔다.

광란의 무리의 저열한 싸움을 떠나서
그들의 깨끗한 소망은 길을 잃지 않았도다
삶의 차갑고 외딴 골짜기를 따라
그들은 자기만의 소음 없는 목소리를 지켰도다

토머스 하디
이름 없는 주드

Jude the Obscure(1895)

육체와 영혼의 갈등이 육체 쪽의 확실한 승리로 귀결되는 하디의 이 소설은 노골적인 내용으로 동시대 독자들을 충격에 빠뜨렸다. 파멸의 운명을 맞는 주인공 주드는 하디가 '바보(The Simpleton)'라는 제목으로 쓰기 시작한 소설에서 잭 헤드라는 이름으로 등장했다. 잭과 그의 연인은 지나치게 도덕주의적인 시대에 개인의 프라이버시를 중시하는 이상주의적인 젊은 커플이었다. 그러나 이야기가 진행되면서 하디는 가룟 유다의 이미지를 환기시킬 생각으로 주인공의 이름을 주드 폴리로 바꾸고 그로 하여금 사회에서 버림받은 삶을 살도록 했다. '바보'는 '반항자들(The Recalcitrants)'을 거쳐 '반항하는 영혼들(Hearts Insurgent)'로 제목이 바뀌었으며 그 제목으로 『하퍼스 뉴 먼슬리 매거진』에 연재되었다. 한데 뒤늦게 『하퍼스』에서 다른 작가가 쓴 같은 제목의 작품을 얼마 전에 자기네가 게재했다는 사실을 깨닫는 바람에 하디는 다시 제목을 찾아야 했고, 결국 비극의 주인공 이름이 제목에 등장하게 되었다.

ꦄ

<h1 style="text-align:center">토머스 하디
더버빌 가의 테스</h1>

Tess of the D'Urbervilles (1891)

하디는 언젠가 이 소설의 제목을 '하디 가의 테스(Tess of the Hardys)'로 할까 했으나 "너무 개인적"이라는 느낌이 들어 그만두었노라고 밝힌 바 있다. 대신 그는 혼전 임신과 사생아 출생의 비극을 상기시킬 만한 문학적인 제목들을 생각해보았다. '수의 영육(The Body and Soul of Sue)', '너무 늦었소, 내 사랑!(Too Late,

Beloved!)', '더버빌 가의 딸(A Daughter of the D'Urbervilles)' 등이었다. 그러나 이 제목들은 너무 신파적이라는 이유 때문에 이내 버리고, 하디는 여주인공을 직접 등장시킴으로써 소설의 위엄을 살리는 쪽으로 방향을 선회했다.

미국 최초의 좁쌀책(miniature book)은 1705년에 나온 것으로 가로 2인치에 세로 3.5인치 크기였다. 윌리엄 세커가 펴낸 이 책은 92페이지짜리였는데, 제목이 책 자체보다도 길다고 할 정도로 장황했다. 그 제목은 『손가락에 맞는 결혼반지, 또는 인간의 상처에 바르는 신성한 고약—아내를 원하는 남자들을 위한 아내 선택법, 그리고 남편이 있는 여자들을 위한 남편 사용법 *A Wedding Ring Fit for the Finger, or the Salve of Divinity on the Sore of Humanity with directions to those men that want wives, how to choose them; and to those women that have husbands, how to use them*』이었다.

로버트 하인라인
낯선 땅 이방인

Stranger in a Strange Land(1961)

지금은 고전이 된 하인라인의 이 소설을 많은 사람들은 공상과학소설 중 최고의 작품으로 꼽는다. 책 제목은 성경에서 왔다. 소설은 밸런타인 마이클 스미스라는 이름의 인간이 외계인의 손에서 키워진 뒤 지구로 돌아오는 이야기다. "모세가 그와 동거하기를 기뻐하매 그가 그의 딸 십

보라를 모세에게 주었더니 그가 아들을 낳으매 모세가 그 이름을 게르솜이라 하여 가로되 내가 타국에서 객이 되었음이라 하였더라."(「출애굽기」 2장 21~22절).

행성과 위성이 들어간 제목들

『불출들의 달 *A Moon for the Misbegotten*』(유진 오닐)
『해는 또다시 떠오른다 *The Sun Also Rises*』(어니스트 헤밍웨이)
『금성의 태양면 통과 *The Transit of Venus*』(셜리 해저드)
『타이탄의 미녀 *The Sirens of Titan*』(커트 보네거트)
『대지 *The Good Earth*』(펄 벅)
『인도의 태양 아래 두사람 *Two under the Indian Sun*』(존 고든과 루머 고든)
『목성의 위성들 *The Moons of Jupiter*』(앨리스 먼로)
『동물을 사랑하는 플루토 *Pluto, Animal Lover*』(래런 스토버)(주인공 이름인 플루토는 '명왕성'이란 뜻 ─ 옮긴이)
『화성과 그 아이들 *Mars & Her Children*』(마지 피어시)
『날 사랑한다고 말해줘요, 주니 문 *Tell Me That You Love Me, Junie Moon*』(마저리 켈로그)

조지프 헬러
캐치 22

Catch-22(1961)

가차 없는 풍자로 유명한 헬러의 이 반전소설은 출판되자마자 대성공을 거두었으며 지금까지도 현대 미국 소설의 한 이정표로 남아 있다. 제목 자체도 독립적으로 아주 유명해져서 황당하고 진퇴양난인 일이나 모순된 규칙, 혹은 카프카적인 부조리의 상황을 가리키는 말로 사전에까지 올랐다. 그러나 이 소설의 원래 제목은 '캐치18'이었다. 출판사 사이먼 앤드 슈스터(Simon & Schuster)가 이 제목으로 책을 내려 할 때 경쟁사인 더블데이가 이의를 제기했다. 더블데이는 베스트셀러 작가 리언 유리스(Leon Uris)의 『밀라 18 *Mila 18*』을 출간할 계획이었는데, 무명 작가의 첫 장편이 비슷한 숫자 제목으로 나온다는 말을 듣고 강력하게 항의한 것이다. 사이먼 앤드 슈스터는 결국 이의를 받아들였고 헬러는 제목을 바꾸게 되었다. (헬러의 편집자는 『캐치 22』가 여러 해 걸려서 씌어졌으며 그동안 출판사의 목록에는 '캐치 14'로 기재돼 있었다고 회상하기도 했다!)(이 제목에서 'catch'는 '올가미, 함정, 결함' 따위를 뜻한다.—옮긴이)

1868년 작가 존 윌리엄 드포리스트(John William DeForest)는 「위대한 미국 소설(The Great American Novel)」이라는 에세이에서 누군가가 미국의 경험에 관해 결정적인 소설을 써야 하지 않겠느냐고 제안했다. 그 뒤로 이 표현은 신인 작가들의 원고를 가리키는 농조의 말로 쓰였으며, 실제로 이 제목을 단 소설도 두 편이 출간되었다. 이 제목으로 된 걸작 소설을 쓰고자 애쓰지만 실패하고 마는 신문기자의 이야기인 클라이드 데이비스(Clyde Davis)의 1938년도 소설, 그리고 필립 로스(Philip Roth)가 1973년에 같은 제목으로 낸 야구 패러디 소설이 그것이다.

어니스트 헤밍웨이
누구를 위하여 종은 울리나

For Whom the Bell Tolls(1940)

스페인 내전에 참전한 미국 청년 로버트 조던을 주인공 삼아 스페인 여성 게릴라인 필라를 향한 열정적이지만 가망 없는 사랑을 생생하면서도 낭만적으로 그린 소설이다. 독자들로 하여금 전체주의의 죄악을 깨달도록 호소하는 소설이기도 하다.

제2차 세계대전이 막 발발한 시점에 나온 이 소설은 자유와 행동을 이상화해서 그리고 있다. 헤밍웨이는 자신의 소설이 추구하는 바가 시인 존 던(John Donne)의 산문집 『비상시의 기도문 *Devotions upon Emergent Occasions*』 중 다음 구절에 가장 잘 표현되어 있다고 보았다.

사람은 아무도 그 자체로 온전한 섬이 아니다. 모든 사람은 대륙의 한 조각, 본토의 일부이다. 흙 한 덩이가 바닷물에 씻겨 가면, 유럽은 그만큼 줄어든다. 곶이 씻겨 나가도 마찬가지고, 그대 친구의 영지나 그대의 영지가 씻겨 나가도 마찬가지. 누구의 죽음이든 그것은 나를 줄어들게 하는 것이니 그것은 내가 인류에 속해 있기 때문이다. 그러니 저 종소리가 누구의 죽음을 알리는 종소리인가 알아보려고 사람을 보내지 말라. 그것은 그대의 죽음을 알리는 종소리이니.

무릇 좋은 제목이란 좋은 비유를 닮아야 한다. 너무 까다롭지도 않고, 그렇다고 너무 쉽지도 않으면서 사람을 궁금하게 만들어야 하는 것이다.

—워커 퍼시(Walker Percy)

나는 단편소설이든 장편이든 집필을 끝마친 '뒤에' 제목을 짓는다. 어떤 때는 백 개나 되는 제목이 나오기도 하는데, 나는 그것들을 차례로 지워나가며 때로는 그 모두를 지워버리기도 한다.

—어니스트 헤밍웨이(Ernest Hemingway)

어니스트 헤밍웨이
이동 축제

A Moveable Feast (1964)

헤밍웨이는 1920년대 파리에서 초보 작가로서 보낸 삶에 대한 감동적인 회고록을 1930년대부터 1961년 죽을 때까지 단속적으로 썼으나, 제목은 끝내 정하지 못했다. 그는 여러 해 동안 다양한 제목들을 놓고 고심을 거듭했는데, 가령 이런 것들이었다. '눈과 귀(The Eye and the Ear)', '진실되게 쓰기(To Write It Truly)', '사랑은 배고픔(Love Is Hunger)', '링 안에서는 사정이 다르다(It Is Different in the Ring)', '아무도 모르는 부분(The Parts Nobody Knows)' 등. 헤밍웨이 사후에 출간된 이 책의 제목 '이동 축제'는 부인 메리가 정했다. 메리는 헤밍웨이가

1950년에 한 친구에게 쓴 편지에서 착상을 얻었다. "젊은 시절에 운이 좋아 파리에서 살아본 사람이라면 그 뒤 어디에 가서 살든 파리는 언제나 그와 함께한다네. 왜냐하면 파리는 이동 축제니까 말이야."

∽

오 헨리
양배추와 왕들
Cabbages and Kings (1904)

오 헨리는 본명이 윌리엄 시드니 포터(William Sydney Porter)인데, 텍사스에서 점원과 은행원, 그리고 언론인(『롤링 스톤』이라는 이름의 잡지를 창간했다)으로 일했다. 은행원으로 일할 때 그는 횡령 혐의로 고발당해서 중앙아메리카로 도망갔다. 그곳이 열아홉 편의 연작소설을 묶은 책『양배추와 왕들』의 무대다. 이 제목을 택한 것은 루이스 캐럴의 책 중 바다코끼리가 "많은 것들에 대해 이야기하는" 대목이 마음에 들었기 때문이다(『거울 나라의 앨리스*Through the Looking-Glass*』 4장에 나오는 시 '바다코끼리와 목수' 참조). 오 헨리의 책은 그가 '코랄리오(Coralio)' 라 부른 중앙아메리카의 이상한 나라에서 벌어지는 비현실적이고 기이한 이야기들을 다룬다.

바다코끼리가 말했다. "때가 되었군.

많은 것들에 대해 이야기할 때가.

신발과 배들과 봉랍(封蠟)과

양배추와 왕들과,

그리고 바다는 왜 끓고 있는지와

돼지는 날개가 있는지에 대해."

올더스 헉슬리
멋진 신세계

Brave New World(1932)

과학 탐구와 개인의 자유가 충돌하는(그리고 자유의 침해 쪽으로 귀결되는) 악몽과도 같은 미래상을 그린 헉슬리의 이 소설은 인간의 진보에 관한 매우 비관적인 견해를 제시한다. 헉슬리는 마녀와 기형의 괴물이 사는 외딴 섬을 무대로 삼은 셰익스피어의 희곡에서 제목을 가져왔다.

미란다: 오 놀라워라!

　　여기에는 멋진 것들이 얼마나 많은지!

　　사람이란 얼마나 아름다운지! 오 멋진 신세계

　　이런 사람들이 살고 있다니!

프로스페로: 그래, 너한텐 이게 모두 새롭겠구나.

—『폭풍우*The Tempest*』5장

퓰리처상을 받은 시인 로버트 로웰(Robert Lowell)은, 첫 번째 아내이며 작가인 진 스태퍼드(Jean Stafford)에 따르면, 작품이 마음에 들 때까지 엄청나게 고치는 버릇이 있었다. 그러다 보니 '진에게—그녀의 견진성사에 즉하여(To Jean: On Her Confirmation)'라는 제목으로 쓰기 시작한 시가 결국은 '브루클린 해군 공창에 있는 어느 갈보에게(To a Whore at the Brooklyn Navy Yard)'라는 제목으로 마무리되는 일도 있었다.

페터 회
스밀라의 눈에 대한 감각

Smilla's Sense of Snow (1993)

그린란드 극지대의 광대한 설원을 배경으로 한 이 매혹적인 공포담은 서른일곱 살 된 이누이트 혼혈 여성 스밀라 카비아크 야스페르센을 주인공으로 삼는다. 스밀라는 의문의 살인 사건 배후에 있는 기업의 탐욕과 사악한 음모 속으로 휘말려 들어갔다가 천신만고 끝에 빠져나온다. 첩보소설가 존 르 카레(John Le Carré)의 가장 좋은 작품들과 영화 「에일리언(Alien)」 등에 견주어지면서 예상 밖의 베스트셀러가 되고 열광적인 평가를 얻은 이 책은 페이퍼백 판권을 놓고 뜨거운(그리고 비싼) 경쟁이 벌어지기도 했다.

덴마크 작가 회는 이전에도 여러 권의 책을 펴냈지만, 영어로 번역된 것은 『스밀라의 눈에 대한 감각』이 처음이었다. 원서의 본디 제목은 그냥 '눈에 대한 감각'이었으나, 미국 쪽 출판사는 적어도 미국 독자들에게는 거의 알려지지 않은 작가의 책에 그렇게 밋밋한 제목을 달아서는 오늘날의 고도경쟁 시장에서 고전을 면치 못할 것이라고 우려했다. 그래서 여러 가지 대안을 생각하던 중 작가의 이름을 피터 호크(Peter Hawk)라고 영어식으로 바꾸면 그럴싸한 스릴러 작가처럼 보이지 않을까 하는 아이디어를 냈다. 이 말을 들은 저자는 자신의 덴마크 이름을 고집함은 물론 용감한 여주인공의 이름을 제목에 넣자고 역으로 제안했다. 출판 동네의(독서 클럽과 페이퍼백 출판권자 같은) 이해 당사자들의 항의에도 불구하고 스밀라 같은 별난 이름이 제목에 들어간 것은 이 소설의 출간을 문학적 사건으로 만드는 데 힘을 더한 듯싶다.

이제 『스밀라의 눈에 대한 감각』은 한눈에 식별이 가능하며 오래 기억에 남는 제목이 되었다. 작가의 요구를 받아들임으로써 미국 쪽 출판사는 매우 독특한 제목의 책 한 권을 목록에 올릴 수 있게 되었으며, 그 책은 오래도록 절판되지 않고 팔릴 게 틀림없다.

윌리엄 인지
초원의 빛

Splendor in the Grass (1961)

미국 중서부 출신인 인지는 브로드웨이의 인기 연극 「피크닉(Picnic)」, 「돌아와(Come Back)」, 「리틀 시바(Little Sheba)」, 「버스 정류장(Bus Stop)」 등의 희곡을 쓴 극작가였다. 그가 1961년에 발표한 『초원의 빛』은 캔자스 주의 소읍을 배경으로 디니와 버드 두 젊은이의 사랑을 그린다. 인지의 희곡들에서 젊음과 순수의 상실은 고독 및 환멸과 함께 꾸준히 주제로 등장한다. (극작가로서 성공했음에도 불구하고 인지는 결국 자살했다.) 이 제목은 워즈워스(Wordsworth)의 시 「어린 시절을 회상하면서 영생불멸을 깨닫는 노래(Ode: Intimations of Immortality from Recollections of Early Childhood)」에서 달콤하면서도 슬픈 정조를 빌려왔다.

초원의 빛, 꽃의 영광이 어린 시간을
그 어떤 것도 되불러올 수 없다 한들 어떠랴.
다시 찾을 길 없을지라도 우리 서러워 말지니
도리어 뒤에 남은 것에서 힘을 찾으리라.

『뉴요커 *The New Yorker*』에 실린 글의 제목 중 최고의 것인(어윈 쇼[Irwin Shaw]의) '여름 옷을 입은 여자들(The Girls in Their Summer Dresses)'을 모든 게재작의 제목으로 삼아야 한다.

—제임스 서버(James Thurber)

크리스토퍼 이셔우드
베를린 이야기

The Berlin Stories (1945)

영국 출신 작가 이셔우드는 1929년부터 1933년까지 5년간을 베를린에서 지내며 극히 퇴폐적인 사회의 종언과 사상 최악의 독재정권의 탄생을 모두 목격하였다. 그 무렵의 들뜨고 행복했던 날들을 반(半)허구적으로 다룬 소설을 쓰면서 처음에는 '길 잃은 사람들(The Lost)'이라는 이름을 붙였다. 독일 민주주의의 사망과 불멸의 여성 샐리 볼스 같은 야행성 인물들의 삶의 저변을 두루 포괄하고자 한 제목이었다. 이셔우드는 이 어구가 "멋들어지게 불길한" 뉘앙스를 풍긴다며 기뻐했다. 그러나 작품을 구성하는 개개의 이야기들이 점점 서로 엉클어지면서 유쾌한 색조도 짙어졌는가 하면 나치 독일은 갈수록 악독하고 편협해지는 상황이어서, '길 잃은 사람들'이라는 제목은 너무 날카로워 보이게 되었다. 그래서 이셔우드는 『노리스 씨, 기차를 갈아타다 *Mr. Norris Changes Trains*』로 제목을 바꾸어서 책을 냈다. (하지만 미국 쪽 출판사는 기차를 갈아타다는 이미지가 판매 가능성이 있는 이 책의 제목으로는 "너무 모호하다"면서 '노리스 씨의 최후[The Last of Mr. Norris]'라는 좀 더 극적인 제목을 고집했고, 이셔우드도 마지못해 이것을 미국 판의 제목으로 받아들였다.) 결국 이셔우드는 『베를린 이야기』라는 포괄적 제목 아래 베를린과 관련된 이야기들을 모두 모아 펴냈으며(1935년에 나온 『노리스 씨 기차를 갈아타다』와 1939년의 『베를린이여 안녕 *Goodbye to Berlin*』 두 책을 합쳤다.—옮긴이), 나중에 희곡으로 각색할 때에는 '나는 카메라(I Am a Camera)'라는 제목으로 바꾸었다. 작중 화자의 대사에서 따온 것이었다. 이게 브로드웨이에서 공연되고 오스카 상을 받을 영화로 만들어질 때는 제목이 '카바레(Cabaret)'로 바뀌었는데, 지금도 이 책의 제목을 이것으로 알고 있는 이들이 많다(뮤지컬과 영화의 여주인공이 바로 샐리 볼스다.—옮긴이).

～

제임스 존스
지상에서 영원으로

From Here to Eternity (1951)

이 책은 전설적인 편집자 맥스웰 퍼킨스가 마지막으로 편집한 책 중 하나다. 부패한 병영에서의 삶을 다룬 이 처녀작에 어울릴 만한 제목으로 존스는 몇 가지를 고려해봤다. '노병은 죽지 않는다(Old Soldiers Never Die)', '소망이 말이라면(If Wishes Were Horses)', '그들은 스러져 갈 따름(They Merely Fade Away)' 등이었다. 그러다 예일 대의 아카펠라 그룹인 위픈품스의 레퍼토리 중 하나가 그의 관심을 끌었다. 그게 러디어드 키플링(Rudyard Kipling)의 시 「신사계급 병사들」에서 온 것임을 알게 된 존스는 제목을 확정했다.

우리는 길 잃은 가엾은 어린 양,

매애! 매애! 매애!

우리는 길 잃은 검은 양,

매애! 매애! 매애!

흥청망청 즐기는 신사계급 병사들

지상에서 영원으로까지 저주받았네

주여, 이런 저희에게 자비를,

매애! 매애! 매애!

(스크리브너 서점에서 실제로 있었던 일처럼) 한 여성이 서점 카운터에 와서 이렇게 묻는다고 치자. "서른네댓 살 된 남자에게 어울릴 만한 책이 있나요?" 점원이 몇 권의 책을 펼쳐놓으면 그녀는 제목을 보고 책을 고를 공산이 크다. 겉표지 그림을 흘끗 보고 광고나 추천 문구를 읽고는 아마도 낯선 술병 라벨에서 센리나 하이럼 워커 상표를 찾듯이 출판사 이름을 확인하겠지만, 결국은 끌리는 제목의 책을 살 것이다.

—로저 벌링게임 (Roger Burlingame)

제임스 조이스
피네간의 경야

Finnegans Wake (1939)

주인공 험프리 침프턴 이어위커에 관한 제임스 조이스의 순환구조로 된 소설 『피네간의 경야(經夜)』('경야'란 죽은 사람을 장사 지내기 전에 가까운 친척이나 친구들이 관 옆에서 밤을 새워 지키는 일을 뜻한다.─옮긴이)는 다양한 언어를 활용한 말장난으로 거의 시종함으로써 때로는 작가 자신조차 곤란에 빠뜨렸다. 이 책을 도대체 무어라고 부를 것이냐는 친구들의 질문에 조이스는 자기도 모르겠노라고 답했다. "마치 사방에서 굴을 뚫고 들어가보지만 끝에 가서 무엇을 발견할지 알 수 없는 산과도 같아." 그가 결국 궁리해낸 제목은 당연하게도 여러 측면에서 아일랜드와 관련되는 것이었다. 팀 피네간이라는 인물이 등장하는 유명한 아일랜드 민요를 우선 떠올릴 수 있다(그 노래 제목이 '피네간의 경야'다.—옮긴이). 벽돌을 나르는 건설 노동자 팀은 사다리에서 떨어져 죽은 줄 알았지만, 위스키 냄새를 맡고는 기적적으로 살아난다. 조이스는 또 이 제목으로 아일랜드의 전설적 예언자 핀 맥쿨과 그의 눈에 비친 아일랜드의 역사도 환기하고자 했다. 조이스는 자신이 고른 제목을 썩 마음에 들어했다. 원고를 쓰는 동안 책 제목을 비밀에 부친 채 그는 종종 친구들더러 책 내용을 보고 제목을 맞춰보라고 했다. "제목이 아주 단순하고 평범해."라면서 정답을 맞추는 사람에게는 1,000프랑의 상금을 주겠노라고 말했다. 그는 자신이 제목에 쓴 두 개의 단어로 만들 수 있는 다양한 말장난들을 암시하면서 친구들의 애를 태웠다.

숫자가 들어간 제목들

『펠럼 123 하이재킹 *The Taking of Pelham One Two Three*』(존 고디)
『볼넷 *Ball Four*』(짐 바우튼)
『모래요정과 다섯 아이들 *Five Children and It*』(이디스 네스빗)
『제7 천국 *Seventh Heaven*』(앨리스 호프먼과 제임스 패터슨이 각기 이 제목의 소설을 냄)
『여덟 명의 제명자 *Eight Men Out*』(엘리엇 애시노프)
『아홉 명의 재단사 *The Nine Tailors*』(도로시 세이어스)
『열 개의 인디언 인형 *Ten Little Indians*』(애거서 크리스티)
『해로하우스 11번지 *Eleven Harrowhouse*』(제럴드 브라운)
『한 다스가 더 싸다 *Cheaper by the Dozen*』(프랭크 벙커 길브레스 주니어와 어니스틴 길브레스 케리)
『열세 개의 시계 *The Thirteen Clocks*』(제임스 서버)

$$\backsim$$

벨 카우프먼
내려가는 계단을 올라가기

Up the Down Staircase(1964)

카우프먼은 교사의 삶을 유쾌하게 들여다본 이 소설을 두고 "결코 녹슬지 않을 것 같은 계단"이라고 사랑스럽게 부르곤 한다. 이 책은 『새터데이 리뷰』지에 「어느 교사의 쓰레기통에서(From a Teacher's Wastebasket)」라는 제목으로 발표된 세 쪽짜리 단편에서 비롯되었다. 맥그로힐(McGraw-Hill) 출판사의 편집자 글래디스 카가 이 글을 읽고 카우프먼에게 그것을 장편으로 늘려주되 원래의 단편에서 구사했던 콜라주 기법을 그대로 사용해달라고 요청했다. 카우프먼은 장편의 제목으로 다음과 같은 몇 가지를 궁리해보았다. '안녕, 선생님!(Hi, Teach!, teach는 teacher의 약식 호칭임—옮긴이)', '지우지 마세요(Please Do Not Erase)', '실비아 배럿의 종이 세계(The Paper World of Sylvia Barrett)', '그리고 기쁘게 가르치다(And Gladly Teche, 초서의 『캔터베리 이야기』에 나오는 "And gladly wolde he lerne, and gladly teche"라는 구절에서 따온 것—옮긴이)'. 맥그로힐의 편집자 한 사람이 '학생들을 보기 전에는 말하지 마라(Don't Shoot Until You See the Pupils)'라는 제목을 제안했지만, 다행스럽게도 카우프먼은 무시했다. 결국 그녀는 원고 내용 속에서 제목을 찾아냈다. 멍청이 대장(Admiral Ass, 학교의 행정 실무자인 'Administrative Assistant'를 조롱해 부르는 호칭)이 잘못을 저지른 학생의 담임교사에게 보낸 이런 메모에서였다. "내려가는 계단을 올라간 데다 불손한 태도를 보여 내가 붙잡아 놓았음." 이 제목 어구는 미국만이 아니라 전 세계의 신문과 잡지 기사의 제목이나 만화에 등장했으며, 심지어는 옛 소련 공산당 신문『프라우다』의 정치만평에 쓰이기도 했다.

> D. H. 로렌스(David Herbert Lawrence)의 걸작들 제목은 모두 분투의 소산이었다. 최초의 제목들은 결국 모두 바뀌었다. '폴 모렐(Paul Morel)'은 『아들과 연인*Sons and Lovers*』이 되었고, '존 토머스와 제인 부인(John Thomas and Lady Jane)'은 『채털리 부인의 사랑*Lady Chatterley's Lover*』으로, '자매들(The Sisters)'은 『무지개*The Rainbow*』, '결혼반지(The Wedding Ring)'는 『사랑하는 여인들*Women in Love*』로 각기 바뀌었다.

싱클레어 루이스
메 인 스 트 리 트

Main Street(1920)

노벨상 수상 작가인 싱클레어 루이스가 미국의 소읍을 다룬 소설『메인 스트리트』를 출간하자 한바탕 소란이 벌어졌다. 루이스는 미국 농촌의 생활은 정직한 '기독교적' 삶이라는 오래된 고정관념을 깨고 그 위선과 편협성을 까발렸다. 그 결과 전국에서 증오 편지가 쇄도하고 교회에서는 작가를 적대시하는 설교가 울려 퍼졌다. 그러나 루이스가 원래 소설 제목으로 생각한 것은 '메인 스트리트'보다 한결 신랄한 '시골 바이러스(The Village Virus)'였다. (루이스의 제목들은 그다지 멋스럽지 못한 것으로 유명한데, 이 소설을 낼 당시 '푸들 대통령[President Poodle]'이라는 제목의 희곡을 쓰고 있기도 했다.) 아이러니하게도 '메인 스트리트'라는 제목에서 많은 독자들은 루이스가 의도했던 바 소읍 생활의 단조로움과 권태가 아니라 대도시의 삶에 대한 행복한 대안으로서의 장밋빛 낙원 같은 이상화된 삶을 연상했다.

✍

싱클레어 루이스
배빗

Babbitt(1922)

배빗: 지배적인 중산층의 기준들에 생각 없이 순응하는 사업가나 전문직 종사자.

—『메리엄 웹스터 대학사전』

근본적인 순응주의자를 가혹하리만치 우스꽝스럽게 그린 루이스의 이 소설은 처음 발표된 후 지금까지 판을 거듭하고 있을 뿐 아니라 아주 생생한 단어 하나를 사전에 추가시켰다. 그런데 루이스가 처음 생각했던 대로 주인공 이름을 '펌프리(Pumphrey)'로 했어도 이토록 오랫동안 통용될 수 있었을까? 루이스는 나중에 『배빗』으로 제목이 바뀌게 될 '펌프리' 원고를 손보면서 이렇게 썼다. "우리는 완벽한 슈퍼맨을 창조했다. 천사장을 닮은 이 괴물의 달콤한 이름이 펌프리다. 평범한 시민이자 무소불위의 권력을 지닌 좋은 친구 G. T. 펌프리." 루이스의 메모에 따르면 또 펌프리는 제니스가 아니라 모나크 시티라는 곳에 살 예정이었다. "미국의 지배자, 피곤한 사업가, 칫솔 모양의 짧은 콧수염을 달고, 풀먼 침대차의 흡연칸에서 자동차와 금주법에 대해 거친 목소리로 열변을 토하며, 활기찬 미국 도시 근교의 2등급 컨트리 클럽에서 3등급 골프와 1등급 포커 게임을 하는 남자"로서 말이다.

> 1925년의 베스트셀러 『드럼*Drums*』의 작가인 제임스 보이드(James Boyd)는 신작 소설의 제목을 『계속 행진*Marching On*』으로 정하기 전에 몇 가지 후보를 검토했다. 그중에는, 자신은 몰랐겠지만 나중에 고전이 된 것들이 몇 들어 있었다. '죄수(The Prisoner)', '구원(Deliverance)', '분노의 포도(The Grapes of Wrath)' 등이 그것이다. (「죄수」는 네이딘 고디머의 단편, 『구원』은 제임스 디키의 장편, 『분노의 포도』는 존 스타인벡의 장편소설이다.—옮긴이)

래리 맥머트리
말 탄 자여, 지나가라

Horseman, Pass By (1961)

텍사스 출신 소설가 맥머트리의 이 고통스러운 처녀작은 나중에 「허드*Hud*」라는 영화로 만들어지기도 했다. 제목은 윌리엄 버틀러 예이츠(William Butler Yeats)의 시 「벤 벌벤 산 아래(Under Ben Bulben)」에서 가져왔다(이 구절은 예이츠의 묘비에도 새겨져 있다).

삶에, 죽음에

차가운 눈길을 던지고

말 탄 자여, 지나가라!

「당신 없는 열여드레(Eighteen Days without You)」라는 시—시집『연시
Love Poems』의 마지막 작품—를 쓰고 있을 때 남편이 말했다. "더 이상은
견딜 수 없어. 당신이 떠나 있는 게 벌써 며칠이지?" 이 작품은 본래 '당신
없는 스무하루' 가 될 예정이었지만 남편이 중간에 치고 들어와 영감을 갉
아먹는 바람에 '열여드레' 가 되었다. 남편은 내가 자기 삶의 일부로 다시
돌아올 것을 요구했고, 나는 그 요구를 저버릴 수 없었던 것이다.

—앤 섹스턴(Anne Sexton)

서머싯 몸
달과 6펜스

The Moon and Sixpence (1919)

서머싯 몸은 자신의 책 제목들을 매우 자랑스럽게 생각해서 대화 도중
맥락에서 벗어나면서까지 그것들을 언급하는 일이 있었다. 그럴 때면 이
렇게 덧붙이기도 했다. "성공한 책의 제목이 바로 좋은 제목이야." 어느
날 몸이 한 친구와 브리지 게임을 하고 있을 때 그 친구가『달과 6펜스』
를 가리켜 아주 좋은 제목이라고 하자 몸이 물었다. "그 말이 무슨 뜻인지
는 아나? 사람들은 제목이 좋다고 하면서도 정작 무슨 뜻인지는 모르거
든. 달을 잡으려고 손을 뻗느라 발밑의 6펜스를 놓친다는 뜻이라구."

THE
The Man With Moon and Sixpence
Berlin Stories
Ms. Alas Floos Sense
Norris Americans Feast
Charles Maggie Peter

서머싯 몸
인간의 굴레

Of Human Bondage (1915)

몸을 유명하게 만든 이 소설을 발견한 사람은 생계를 위해 출판사에서 원고 검토 일을 하던 젊은 작가 지망생, 싱클레어 루이스였다. 몸이 처음에 제목으로 택한 것은 성경의 「이사야」 서에서 따온 '화관과 재 (Beauty and Ashes)' 로, 주인공 필립 케리의 비극을 형상화하기에 적당한 이미지였다. 하지만 이 제목을 지닌 책이 이미 나와 있었기 때문에 몸은 스피노자의 『에티카*Ethics*』의 장 제목에서 따온 '인간의 굴레' 로 제목을 바꾸었다.

서머싯 몸
면도날

The Razor's Edge (1944)

몸이 자신의 최후의 걸작 제목을 고대 힌두 경전인 『카타 우파니샤드 *Katha Upanishad*』에서 가져온 것은 놀랄 일이 아니다. 작품의 배경이 주로 인도이기 때문이다. 주인공 래리 대럴은 삶의 의미를 탐색하는 가운데 정신적인 것을 물질적인 것보다 우위에 놓게 된다. 산스크리트어로 된 『우파니샤드』에는 이렇게 씌어 있다. "면도칼의 날카로운 날을 넘어가는 일은 어렵다. 그래서 현명한 이들은 구원으로 가는 길이 어렵다고 말한다."

『영적 성장의 심리학 *The Psychology of Spiritual Growth*』은 다소 학문적이기는 할망정 책 제목으로서 호소력을 지니고 있었다. 하지만 출판사 쪽에서 좀 덜 번지르르한 것을 요구하자 저자는 제목을 바꾸었는데, 그것이 이 책을 쓰고 있는 지금까지(1995년—옮긴이) 10년 넘게 베스트셀러 목록에 올라 있는 M. 스콧 펙(Morgan Scott Peck)의 『아직도 가야 할 길 *The Road Less Traveled*』이다.

색깔이 들어간 제목들

『붉은 무공훈장 *The Red Badge of Courage*』(스티븐 크레인)
『시계태엽 오렌지 *A Clockwork Orange*』(앤서니 버지스)
『나의 계곡은 푸르렀다 *How Green Was My Valley*』(리처드 루엘린)
『푸른 강의 노란 뗏목 *A Yellow Raft in Blue Water*』(마이클 도리스)
『블랙 라이크 미—흑인이 된 백인 이야기 *Black Like Me*』(존 하워드 그리핀)
『회색 제복 *Dress Gray*』(루션 K. 트러스콧 4세)
『화이트 노이즈 *White Noise*』(돈 들릴로)
『포에버 앰버 *Forever Amber*』(캐슬린 윈저, '앰버'는 여주인공의 이름이며 호박색을 뜻하기도 함.—옮긴이)

허먼 멜빌
모비 딕

Moby-Dick (1851)

멜빌은 바다의 대서사시와도 같은 이 육중한 소설을 몇 년에 걸쳐 썼는데, 그는 언제나 이 책을 아주 직설적으로 '고래(The Whale)'라고 불렀다. 등장인물들한테는 에이허브니 퀴퀘그니 하는 이국적인 이름을 잘도 붙여준 멜빌이지만, 그의 거대한 흰 고래의 이름은 어디까지나 '고래'였다. 멜빌은 친하게 지내던 너새니얼 호손(Nathaniel Hawthorne)에게 편지를 보내 집필 중인 원고를 보여주겠노라면서 이렇게 썼다. "시식용으로 '고래'의 지느러미 하나를 보내드릴까요? 꼬리는 아직 요리하지 못했답니다. 이 책을 지옥불에 끓이고 있는 만큼 조리가 벌써 다 끝났음 직도 한데 말입니다." 영국의 출판사는 『고래』가 어린이용 책으로는 적당치 않다고 판단해서 처음에는 원고를 거절했다가 결국 청소년 소설로 시장에 내놓았다(멜빌은 미국 작가이지만 작품 대부분이 영국에서 먼저 출판됐다.—옮긴이). 뉴욕의 하퍼 앤드 브라더스 출판사는 생각이 달랐다. 게다가 모차 딕(Mocha Dick, 남미 모차 섬 Isla Mocha에서 온 이름.—옮긴이)이라는 이름의 초대형 흰 고래를 추적한 흥미진진한 사건에 관한 신문 기사가 대중의 관심을 끌기도 했던 터였기에(모차 딕은 1838년에 잡힌 것으로 알려졌다.—옮긴이), 출판사 쪽은 이 사건에 관한 대중의 관심에 편승하기 위해 제목을 조금만 고쳐 줄 것을 멜빌에게 제안했다(그래서 미국에서 출판된 책의 이름은 『모비 딕, 또는, 고래*Moby —Dick; or, The Whale*』였다. 우리나라에서는 오랫동안 『백경(白鯨)』이라고 번역했다.—옮긴이). 그 같은 노력은 대중에게 먹혀들지 않아서, 이 책은 당시 출판계의 가장 커다란 실패 사례 중 하나가 되었다. 그러나 오늘날 『모비 딕』이라는 막강한 소설 이름을 들어보지 못한 이가 얼마나 되겠는가?

앤 비티(Ann Beattie)는 어느 인터뷰에서 단편소설을 써놓고는 제목을 찾지 못해서 제목 없는 원고를 잡지사에 보내는 일이 종종 있다고 밝혔다. 『뉴요커』에서 그녀를 담당하는 편집자 로저 에인절은 그 자신이 뛰어난 작가이기도 한데, 게재를 거절하는 원고에 제목을 달아 돌려보내곤 한다. 비티의 에이전트에게도 "「……」를 반송합니다."라는 식의 거절 편지가 오는데, 그럴 때 그가 붙인 제목은 거의 완벽할 정도라는 게 비티의 말이다.

내가 쓰고 싶은 확실한 베스트셀러가 세 권 있다. 『사랑을 하고 돈을 버는 법*How to Make Love and Money*』, 『고난 속에서 축복을 알아보는 법*How to Tell Your Blessings from Your Burdens*』, 『친구들보다 잘 먹고 잘 사는 법*How to Pass the Joneses at a Dogtrot*』이 그것이다.

—제임스 서버(James Thurber)

마거릿 미첼
바람과 함께 사라지다

Gone with the Wind (1936)

미국 남북전쟁을 다룬 이 방대한 소설은 10여 년 동안 '팬지(Pansy)'

라는 제목 아래 씌어졌다. 우리가 스칼렛 오하라로 알고 있는 소설 주인공의 이름으로 조지아 주 사람인 미첼이 처음에 생각한 게 팬지였던 것이다. 출판사 맥밀란 컴퍼니(Macmillan Company)가 제작에 들어가서 책이 출간되기 6개월 전까지도 이 책은 '팬지'라는 이름으로 세상에 나오게 되어 있었다. 그러나 마지막 순간에 마음이 흔들린 미첼은 제목을 '무거운 짐을 날라야(Tote the Weary Load)'로 바꾸었다(이제 스칼렛으로 이름이 바뀐 여주인공이 레트 버틀러와 함께 불렀던 스티븐 포스터의 노래 「켄터키 옛집」 가사 중 "며칠은 더 무거운 짐을 날라야"에서 따온 것이다). 그 뒤 다시 소설의 끝부분에서 스칼렛이 레트와 헤어진 뒤에 한 유명한 말을 가져와 '내일은 내일의 태양이 떠오른다(Tomorrow Is Another Day)'라고 제목을 붙여봤지만, '내일'이라는 단어로 시작되는 제목의 책이 열여섯 권이나 시판되고 있다는 사실을 알고 나서는 포기했다. 미첼은 결국 스칼렛이 애틀랜타에서 고향 타라로 돌아오는 중요한 순간에 나오는 구절을 제목으로 삼기에 이른다. "타라의 농장은 그대로 있을까? 아니면 조지아를 휩쓴 바람과 함께 사라져버렸을까?" 이 구절 자체는 19세기 영국 시인 어니스트 다우슨(Ernest Dowson)의 시 「나는 다정한 시나라의 지배 아래 있던 내가 아니도다」에서 온 것이다. 시의 셋째 연은 이렇게 시작된다. "나는 많은 것을 잊었노라, 시나라! 바람과 함께 사라져/ 군중과 더불어 사납게 내팽개쳐진 장미들." 미첼은 이 시구의 낭만적인 이미지를 사랑했다. 그녀는 이렇게 말했다. "이 제목은 지난해의 눈과 더불어 가버린 날들을 가리킬 수도 있고, 전쟁의 바람에 휩쓸려간 것들을 가리킬 수도 있으며, 바람에 맞서지 않고 그 바람과 더불어 떠나버린 사람을 가리킬 수도 있다." 미첼은 이 제목 말고도 '버려진 집(Jettison)', '이정표(Milestones)', '매애! 매애! 검은 양(Ba! Ba! Black Sheep)' 등을 검토했었다.

오인되거나 잘못 표기된 제목이 오히려 더 재미있고 적절해 보이는 경우가 있다. 존 스타인벡의 부인 일레인 스타인벡은 요코하마의 한 서점에서 남편의 소설 『분노의 포도 *The Grapes of Wrath*』가 있는지 물었던 일을 회고한 바 있다. 점원이 도서 목록을 찾아보더니 책이 있다면서 『성난 건포도 *Angry Raisins*』라는 책을 내놓더라는 것이다. 플래너리 오코너(Flannery O' Connor)는 텍사스의 친구들한테서 『난폭한 자들이 쟁취한다 *The Violent Bear It Away*』라는 자기 책 제목을 『달아난 곰 *The Bear That Ran Away with It*』으로 탈바꿈시킨 서점 점원 이야기를 듣기도 했다. 그리고 여러분이 읽고 있는 이 책의 출판사 노튼(Norton)은 오르테가 이 가세트 (Ortega y Gasset)의 대중과 대중문화 비판서 『대중의 반역 *The Revolt of the Masses*』을 『그 바보들의 반역 *The Revolt of Them Asses*』으로 바꾸어 버린 주문서를 받은 적이 있다.

마더 구스 동요

Mother Goose Rhymes (1719)

예전에 실제로 '엄마 구스(Mother Goose)'가 있었다. 그녀는 18세기 보스턴의 한 인쇄업자의 장모 엘리자베스 포스터(Elizabeth Foster)였다. 엘리자베스는 아이작 구스(Isaac Goose)와 결혼했는데, 남자에게는 앞선 결혼에서 생긴 아이가 열 명 있었고, 엘리자베스와의 사이에서 다시 여섯 명이 태어났다. 이 아이들을 모두 챙기느라 구스 부인(지금은 '엄마' 구스로 알려졌지만)은 아이들용 시와 노래를 짓고 이야기를 꾸며내서는 그것들을 끝도 없이 되풀이해 들려주었다. 얼마나 자주 들려주었던지 사위는 "거의 돌 지경"이었다고 한다. 그는 장모가 만든 노래들을 『유아용 노래들, 아이들을 위한 마더 구스의 동요*Songs for the Nursery, or Mother Goose's Melodies for Children*』라는 책으로 묶어 출간했으며, 이 책은 거의 300년이 지난 지금까지도 널리 읽히고 있다.

해리 케멜먼(Harry Kemelman)의
사랑스러운 랍비 스몰(Small) 시리즈

『월요일, 랍비는 여행을 떠났다*Monday the Rabbi Took Off*』
『화요일, 랍비는 격노했다*Tuesday the Rabbi Saw Red*』
『수요일, 랍비는 흠뻑 젖었다*Wednesday the Rabbi Got Wet*』
『목요일, 랍비는 나가버렸다*Thursday the Rabbi Walked Out*』
『금요일, 랍비는 늦잠을 잤다*Friday the Rabbi Slept Late*』
『토요일, 랍비는 배가 고팠다*Saturday the Rabbi Went Hungry*』
『일요일, 랍비는 집에 있었다*Sunday the Rabbi Stayed Home*』
『어느 날 랍비는 떠날 것이다*Someday the Rabbi Will Leave*』
『어느 맑은 날 랍비는 십자가를 샀다*One Fine Day the Rabbi Bought a Cross*』
『랍비가 사직한 날*The Day the Rabbi Resigned*』
『그날 랍비는 도시를 떴다*That Day the Rabbi Left Town*』

존 니컬스
불임의 뻐꾸기

The Sterile Cuckoo (1965)

니컬스의 첫 소설인 『불임의 뻐꾸기』는 처음부터 지금의 제목이었다. 그와 관련해 니컬스는 이렇게 쓴 바 있다. "나는 이 제목이 다양한 함의를 지닐 수 있다는 사실을 잘 의식하고 있었다. 우선, 말할 필요도 없이 '뻐꾸기'는 살짝 미친, 맛이 간, 괴짜인 사람을 가리키기 때문에 주인공 푸키 애덤스한테 딱 들어맞았다. 그에 더해 이 책은 일종의 불임에 관한, 그러니까 더 깊은 관계로 나아가지 못하는 사람에 관한 소설이었다. 관계를 진지하게 받아들이고 그에 따르는 일들을 직시해 대처하지 못한다는 바로 그 점이 '불임'이라는 표현과 맞는다고 보았다. 뿐만 아니라, 나는 어떤 뻐꾸기들이 다른 새의 둥지에 알을 낳고는 그 새로 하여금 자기 새끼를 돌보게 한다는 사실을 알고 있었다. 그 점 역시 푸키 애덤스와 통한다고 생각했다. 푸키는 결국 남자친구 제리와의 관계를 이어가는 데 대한 두려움을 떨쳐버리지 못한다. 그녀는 자신이 시작한 일에 대해 책임을 지지 않고 관계를 끝장내 버린다. 이런 모든 점을 고려할 때, 나는 중의적 의미를 지닌 '불임의 뻐꾸기'가 책 제목으로 적당하다고 판단했다."

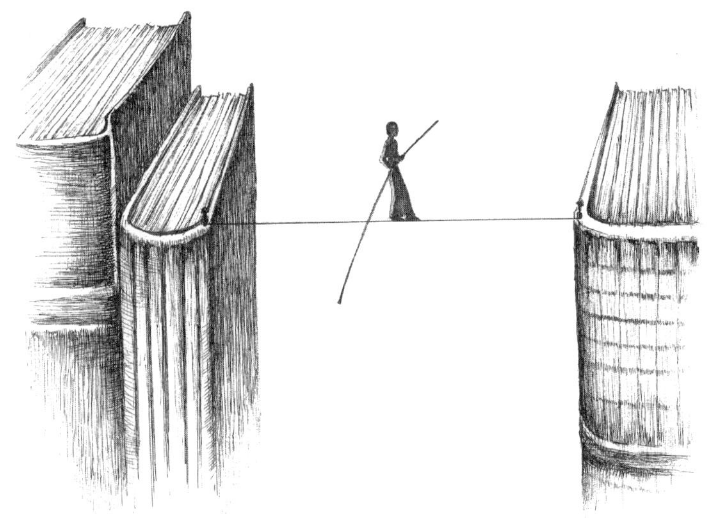

존 니컬스
밀라그로 콩밭 전쟁

The Milagro Beanfield War (1974)

니컬스는 자신이 계획한 뉴멕시코 삼부작의 첫 작품 제목으로 일찌감치 '밀라그로 콩밭 전쟁'을 염두에 두고 있었다. 하지만 책을 출판할 때가 되자 에이전트와 출판사 측이 난색을 표했다. 니컬스는 이렇게 말한다. "그들은 제목이 너무 거추장스럽다고 생각했어요. 제목에 '외국어'가 들어가서는 책을 팔 수가 없다는 거였죠. 이해하기 어려운 단어 때문에 미국인들이 소외감을 느끼리라는 얘기였어요." 제목의 의미가 긍정적이었음에도 불구하고— '밀라그로(작품 속 마을 이름—옮긴이)'는 스페인어로 '기적'이라는 뜻으로, 영락한 농촌 공동체의 변모를 가리킨다— 제목을 바꾸자는 제안이 오고, 출판사에서는 '코요테 천사들(Coyote Angels)'이라는 새로운 제목을 볼드체로 인쇄한 표지를 디자인하기까지 했다. "당연히 '전문가'들이 옳았죠. 제가 붙인 제목은 독자들을 쫓아버렸어요. 발음하기도 힘들고 이해하기도 어려웠던 겁니다. 책은 전혀 팔리지 않았어요." 그러나 결국은 사람들의 생각이 바뀌어 책이 나가기 시작했으며, 이 소설을 원작으로 삼은 영화도 만들어져 흥행에 성공했다. 오늘날 이 소설과 제목은 아주 인기가 높아서 미국 남서부에서는 '밀라그로'라는 단어가 일종의 상투어가 되었다. 숙박 시설의 이름에, 미술관이나 여행 상품, 그리고 유기농 회사 등의 이름에 이 단어가 쓰이고 있는 것이다. 성공의 보수는 이렇듯 크다.

에드윈 오코너
마지막 함성
The Last Hurrah(1956)

오코너는 언젠가 어느 기자에게 이렇게 말했다. "저는 아일랜드계 미국인 문제를 제대로 다룬 소설을 쓰고 싶었어요. 아일랜드인들이 미국에서 이뤄낸 것은 모두 정치를 통해서였잖아요. 그러니 당연히 정치를 중심으로 이야기를 해나가야 했지요." '눈물짓지 않도록(Not Moisten an Eye)' 이라는 가제의 소설은 이렇게 해서 시작되었다. 프랭크 스케핑턴 이라는 이름의 대도시 시장의 마지막 선거운동을 다룬 오코너의 이 장대한 소설은 그에게 퓰리처상을 안겼다. 일반 독자들이 보기에 제목의 느낌이 너무 아일랜드적이라고 판단한 편집자가 제목을 '마지막 함성' 으로 바꾼 뒤였다.

책 제목 바꾸기의 흥미로운 사례 하나가 도널드 트럼프(Donald Trump)의

경우다. 1990년대에 트럼프가 파산한 지 얼마 안 된 시점에 그의 두 번째
책『정상에서 살아남기 *Surviving at the Top*』의 페이퍼백 판을 내게 된 출
판사는 상황이 곤란하게 꼬였음을 절감했다. 트럼프의 첫 책『거래의 기술
The Art of Deal』은 대형 베스트셀러였지만, 그 사이에 상황이 나쁜 쪽으로
바뀐 것이다. 이제 트럼프는 채권자들과 은행이 매달 시혜를 베풀듯 건네
주는 수당에 의지해 살아가고 있었다. 그러나 출판사는 역시 재빨랐다.
『생존의 기술 *The Art of Survival*』로 제목을 바꾸어 펴냈고, 그럼으로써 험
난한 독서 시장에서 그 책이 생존할 수 있게 됐다. (트럼프는 그 뒤 재기에
성공했다.—옮긴이)

ᔈ

존 오하라

버터필드 8

Butterfield 8(1935)

1930년대에 뉴욕 전화회사는 관내 각 교환국마다 이름 다음에 별도
의 숫자를 부과한다고 발표했다. 따라서 고객들은 교환을 불러낼 때 지
역별 이름의 첫 두 글자에다 숫자 하나를 더 돌려야 하게끔 되었다. 예
컨대 라인랜더 4(RHinelander 4) 식으로 말이다. 버터필드 8(BUtterfield
8)은 부자 동네인 어퍼 이스트 사이드의 중심부에 해당하는 교환 번호
였다. 그곳은 이 소설의 주인공 글로리아 원드러스가 주로 활동하는 구
역이었기 때문에 소설 제목은 그녀의 짧고도 방탕한 삶을 상징하게 되
었다.

존 오하라
생의 열망

A Rage to Live (1949)

자신의 편집자였던 저 유명한 색스 커민스(Saxe Commins)에게 보낸 편지에서 오하라는 이 책의 제목과 책 제목 전반에 대해 이렇게 썼다. "이 제목에서 가장 좋은 점은, 아니면 가장 좋은 점들 중 하나는, 단순한 단어들을 특이하게 병치했다는 것이에요. 무엇보다도 제목과 그것의 출전인 시 전체〔알렉산더 포프(Alexander Pope)의 『도덕론*Moral Essays*』〕가 내 소설과 잘 어울린다는 점이 좋습니다. 게다가 제 마음에도 들고요. 사실, 제 책 제목들이 대개 썩 괜찮긴 하지만, 사람들이 책을 사는 건 제목 때문이라기보다 저자의 이름 때문이죠. 적어도 저는 그래요."

내 소설들은 어떤 것이든 『참을 수 없는 존재의 가벼움*The Unbearable Lightness of Being*』이나 『농담*The Joke*』, 또는 『우스꽝스러운 사랑*Laughable Loves*』이라는 제목을 붙일 수 있다. 그 제목들은 서로 바꾸어도

존 오하라
사마라에서의 약속

Appointment in Samarra (1934)

중산층의 삶이 부과하는 엄격한 제약에서 벗어나지 못해 안달하는 젊은이의 비극적인 이야기를 그린 오하라의 첫 소설은 뉴욕 시의 한 호텔 방에서 한밤중에 씌어졌다. 젊은 오하라는 출판사의 적극적인 지원 아래 낮에는 영화를 보거나 술을 마시고 친구들과 어울리며 보내다가 자정이 지나서야 원고지 앞에 앉고는 했다. '지옥의 숲(The Infernal Grove)'이라고 제목을 붙인 원고가 거의 완성되었을 무렵, 오하라는 여성 문인 도로시 파커와 차를 마시게 되었다. 파커는 오하라에게 당시 공연 중이던 서머싯 몸의 희곡 『셰피*Sheppey*』의 대본을 건네면서, 사마라를 무대로 삼은 옛 전설에 관한 부분이 매우 흥미롭다고 했다(사마라는 지금의 이라크 중부에 있는 도시다.—옮긴이). 그 전설에 따르면 어느 날 바그다드의 시장에 갔던 하인이 공포에 질린 채 돌아와서 주인에게 말하기를, 자신이 방금 사신(死神)에게 떼밀리다 왔다는 것이었다. 하인은 주인에게 사정해 말 한 마리를 빌려서는 사마라로 도망쳤다. 그곳이라면 사신이 자기를 찾지 못하리라고 생각해서였다. 그 직후 시장에서 사신과 마주친 주인은 왜 하인을 놀래켰는지 물어보았다. 사신이 대답하기를 놀란 것은 오히려 자기였는데, 왜냐하면 바로 그날 저녁 사마라에서 만나기로 되어 있었던 그 하인을 바그다드에서 보았기 때문이라는 얘기였다.

몸의 희곡을 읽은 오하라는 자신이 쓸 책에 완벽하게 어울리는 제목을 찾았노라며 쾌재를 불렀다. '사마라에서의 약속'이 바로 그것이었다. 자신의 운명에서 벗어나고자 몸부림치지만 결국 성공하지 못하는 주인공의 상황을 완벽하게 반영하는 제목이었다. 그러나 파커의 반응은 부정적이었다. "이런, 제 생각은 달라요, 오하라 씨. 그 제목이 맘에 든다구요?" 오하라는 이렇게 회고한다. "도로시는 그 제목을 싫어했고, 앨프리드 하코트(Alfred Harcourt, 오하라의 출판사 사장)도 싫어했다. 출판사 편집자들도 마찬가지였다. 좋아한 것은 나 혼자였다. 그래도 나는 그 제목을 밀어붙였다."

꽃

유진 오닐
상복이 어울리는 엘렉트라
Mourning Becomes Electra (1931)

자신의 책을 출판하던 호러스 리브라이트에게 불만을 느낀 극작가 오닐은 경쟁사 편집자인 색스 커민스로 하여금 자신의 작품에 흥미를 느끼도록 하는 데 성공했다. 커민스는 하퍼 앤드 브라더스에서 닐 오닐의 첫 희곡 원고가 넘어왔을 때 어떤 일이 있었는지를 나중에 이렇게 회고했다. "제목을 보고는 다들 낙담했다. 당시의 편집장은 원고 뭉치를, 특히 제목이 적힌 페이지를 노려보고는 안경에 달린 검은 색 기다란 끈을 한동안 만지작거렸으며, 무언가 지극히 심오한 발언을 하기 위한 예비 동작으로서 목청을 가다듬은 다음, 희게 물든 머리를 흔들고는 마침내 '무의미해'라는 단어를 내뱉었다. 뒤에 느낌표가 붙어 있을 법한 억양이었다. 그 말이 신호라도 된 양 편집부 직원들과 홍보 책임자는 상업적으로나 의미론적으로나 더 강한 형용사들을 동원해서 편집장의 판결을 거들었다. …… 그들은, 출판사 쪽에서 늘 그러듯이, 책 제목이란 독자를 한눈에 사로잡아야 하며 내용과 제목의 일치 여부는 문제가 아니라고, 그리고 무엇보다도 기억하기 쉬워야 한다고 주장했다." 남북전쟁 시기 뉴잉글랜드의 한 가족에 관한 이 희곡에서 'becomes'는 'flatters(돋보이게 하다)'의 뜻으로 쓰였다. 오닐은 죽음에 둘러싸여서 상복에 익숙해진, 고대 그리스의 아가멤논의 딸 엘렉트라 이야기를 연상시키는 제목을 붙인 것이다.

저널리스트이며 저술가인 조지 플림턴(George Plimpton)은 학생 시절 몇 시간씩이고 이런저런 가상의 책 제목을 적어가며 놀았던 일을 회고한 적이 있다. 그렇지만 막상 자신이 책을 쓰게 되자 도무지 제목이 생각나지 않았다. 미식축구 프로 팀에서 아마추어 선수로 뛴 자신의 경험을 이야기한 그의 가장 유명한 책은 제목이 없는 상태로 출판사에 원고가 건네졌다. 시한이 하루밖에 남지 않았을 때에도 플림턴에게는 영감이 떠오르지 않았다. 결국 출판사 사장이 전화를 걸어와서는 '어디 있니, 딩크 스토버?'(Where Are You, Dink Stover?)' 라는 제목을 제안했다. 오래전에 나온 오언 존슨(Owen Johnson)의 어린이용 시리즈(『로런스빌의 스토버 *Stover at Lawrenceville*』, 『예일의 스토버 *Stover at Yale*』 등)에서 따온 것이었다. 결국 제목으로 결정된 '종이 사자(Paper Lion)' 를 두고 플림턴은 '신의 인도' 를 받았다고 표현하는데, 그도 그럴 것이 자신의 연필이 마치 마술에라도 걸린 듯 종이 위에다 쓴 글자가 그 제목이었다는 얘기다. 그는 출판사에 전화를 걸었다. "버즈, 제목이 나왔어요!' 나는 그 제목에 대해 설명했다. 그는 한동안 침묵하더니 이렇게 말하는 것이었다. ''어디 있니, 딩크 스토버?' 가 마음에 들지 않는단 뜻이오?''

조지 오웰
1984

1984(1949)

조지 오웰이 미래의 전체주의 국가를 배경으로 한 끔찍한 삶을 그린 소설을 쓰기 시작한 것은 제2차 세계대전이 최악의 국면으로 치닫던 1943년이었다. 연합국이 승리한 1945년까지도 그는 원고를 마무리하지 못했다. 전쟁은 끝났지만 세계는 여전히 커다란 위험에 직면해 있었다. 냉전이 본격적으로 시작된 것이다. 물리적으로나 도덕적으로나 유럽은 아수라장이었다. 오웰이 자신의 음울한 미래상에 어울리는 것으로 고른 제목 '유럽의 마지막 인간(The Last Man in Europe)' 은 그런 절망감을 반영했다. 하지만 이 제목이 너무나 어두운 느낌을 준 데다 소설 속 세계의 현실감을 늦출 필요도 있어서 오웰은 책 제목을 '1984' 로 결정했다.

그 연도는 비현실적으로 보이기에 충분할 만큼 멀어 보였는가 하면, 그가 원고를 끝낸 해의 숫자를 뒤집은 것이기도 했다.

✑

에드거 앨런 포

종

‘The Bells’ (1849)

　1848년 봄 정서적으로 소진된 포는 뉴욕 시 남부에 사는 친구 마리 슈 부인의 집을 방문했다. 새로운 시를 쓸 수 있을 만큼 그곳이 조용하고 편안하리라는 기대를 안고서였다. 한데 상황은 정반대였다. 슈 부인의 집은 하루 종일 인근의 여러 교회에서 울리는 종소리들로 시끄러웠다. 포는 "아무런 느낌도 감정도 영감도 얻지 못했으며" 종소리 이외에는 다른 생각을 할 수가 없었다. 그러니 당연하다고 할까, 어느 날 차를 마신 뒤 슈 부인은 종이 한 장을 꺼내 맨 위에다 '종 —E. A. 포'라고 쓴 다음 덧붙여 '작은 은종들'이라고 적었다. 포가 시를 몇 줄 진행시키자 슈 부인은 다른 종이 위에 '무거운 쇠종들'이라고 썼다. 처음에 포는 이 작품을 '슈 부인의 시'라고 삐딱하게 불렀으나 곧 영감을 얻어서 자신의 가장 강렬하면서도 음악성 넘치는 시편 중 하나를 혼자 힘으로 완성했다.

> '배빗(Babbitt)'처럼 '폴리애너(Pollyanna)' 역시 사전에 단어로서 등재되었다. 엘리너 H. 포터(Eleanor Hodgman Porter)의 1913년 작 소설 『폴

⌒

캐서린 앤 포터
바보들의 배

Ship of Fools (1962)

1931년 텍사스 태생의 소설가 캐서린 앤 포터는 독일 배 S. S. 베라 호를 타고 멕시코에서 유럽으로 여행했다. 이 여행은 그녀에게 생생한 인상을 남겼다. 아주 독특한 동료 승객들이 드러내는 야비함과 열망을 지켜볼 수 있었던 것이다. 항해 직후 포터는 그 이야기를 단편 연작들로 쓰기 시작했다. 처음에는 '약속의 땅(Promised Land)' 이라는 제목을 붙였다가 나중에 나치 정권의 비극이 가시화하자 '안전한 항구는 없다(No Safe Harbor)' 로 제목을 바꾸었다. 아예 완전한 장편소설로 바뀐 원고가 마무리될 즈음 그녀는 '바보들의 배' 라는 제목에 끌렸다. 이 제목은 15세기 말에 씌어진 도덕우화 「바보배(*Das Narrenschiff*)」에서 온 것으로, 포터는 유럽 항해가 끝난 직후 이 작품을 읽은 터였다. 포터는 이렇게 썼다. "이 세계를, 영원을 향해 가는 항해라는 단순하면서도 거의 보편적인 이미지에 빗댄 이 이야기는 내 소설에 딱 들어맞았다. 물론 새롭다고는 할 수 없다. 15세기에 독일 시인 제바스티안 브란트(Sebastian

Brant)가 이 이야기[「바보배」]를 썼을 때 이미 그 이미지는 오래되었으면서도 지속성이 있어서 매우 친근한 것이었다. 하지만 그것은 내 소설의 목표에 정확히 들어맞았다. 내가 바로 그 배의 승객인 것이다." 친구들은 그 제목이 독자들로 하여금 작가가 자기 소설 속의 인물들을, 나아가 인류 자체를 경멸한다는 느낌을 줄지도 모른다며 우려했지만 포터는 완강했다.

᭒

찰스 포티스
진정한 용기

True Grit (1968)

이 장대한 서부 모험극을 쓰기 시작할 때 찰스 포티스는 특별한 제목을 염두에 두고 있지 않았다. 그는 이렇게 회고한다. "처음에 나는 이 표현을('true grit'을 말한다.—옮긴이) 인물들의 대사에서 사용했는데, 소설이 좀 더 진행된 뒤 어쩌면 이게 책 제목이 될 수도 있겠다는 생각이 떠올랐다. 나는 되돌아가서 원고 첫 페이지에 그 어구를 써 놓았고 그것은 거기 계속 남아 있었다. 당시 나는 남부 개척자들에 대한 책을 읽고 있었는데—대부분은 회고록이었다—거기서 가장 존경받는 이들은 모두 'grit'이라 불리는 어떤 자질을 지니고 있었다. 흔들림이 없고 의지가 확고하다는 뜻이다. 그 말은 또 일종의 괴팍한 완고함을 가리키기도 했다. 나는 이 말을 다른 어디에서도 이 책들에서만큼 많이 접하지 못했다. 그냥 'grit' 라 하기도 하고 'plain grit, plain old grit, clear grit, pure grit, pure dee grit(dee는 damned의 순화된 표기), true grit' 식으로 수식어를 달기도 했다(형용사가 다르게 붙어도 의미 차이는 거의 없다. '진정한 용기, 분명한 용기, 순전한 용기' 등이 별 차이가 없는 것과 마찬가지다. 덧붙여, 'grit' 을 '용기'로 번역하는 게 관례이긴 해도, 위의 설명에서 보듯 'courage' 와는 내포가 좀 다르다.—옮긴이) 그래서 내가 이 소설을 쓰기 시작했을 때는 이 견고한 단어가 머리에 새겨져 있었던 것이다." 포티스는 '진정한 용기' 라는 구절이 기묘하게도 브램 스토커(Bram Stoker)가 1897년에 낸 소설『드라큘라Dracula』에도 작중 인물 한 사람을 묘사할 때 등장한다는 사실을 덧붙였다.

토머스 핀천
브이

V. (1963)

'토머스 핀천' 이라는 이름은 자신의 기존 스타일과 다른 소설을 실험해보고자 하는 저명한 작가의 필명이라는 설이 있었다. 그 후보로 몇몇이 거론되기도 했다. 어떤 이들은 '핀천' 이, 탁월한 재능을 지녔으나 작가로서는 무명인 어느 편집자가 내세운 이름이라고 주장한다(이런 추정을 한 사람도 아마 편집자일 것이다). 또 다른 이들은 핀천이 얼마 전에 사망했다고도 하고, 아예 존재한 적이 없다고도 한다(지금은 그의 생애에 대해 꽤 많은 사실이 알려져 있다.─옮긴이). 진실이 무엇이든 간에, 그의 첫 소설인 이 작품은─출판사에 왔을 때의 제목은 '저지대(Low Lands)' 였다─작가의 정체에 대한 추측만큼이나 많은 가제목을 거치게 되었다. '저지대'를 입수한 리펀코트(Lippincott) 출판사의 젊은 편집자 콜리스 스미스는 '허버트 스텐실의 탐색(The Quest of Herbert Stencil)'이나 '베니 프로페인의 바보 같은 세상(The Yo-Yo World of Benny Profane)', 또는 '꼭두각시 세상(World on a String)' 같은 제목을 제안했고, 핀천은 그 중 마지막 제목이 마음에 든다면서 자신은 제목을 짓는 데에는 젬병이라고 말하기도 했다. 이어서 핀천은 A. E. 하우스먼(Alfred Edward Housman)의 시에서 따온 '피는 방랑자(Blood's a Rover)'라는 제목을 제시했다. 그 제목이 미키 스필레인(Mickey Spillane)의 범죄소설이나 심지어는 라파엘 사바티니(Rafael Sabatini)의 활극을 연상시킨다는 지적에 핀천은 '천국의 거리를 따라(Down Paradise Street)', '다정한 송장귀신에 대해(Of a Fond Ghoul)', '가버린 자의 발자국(Footsteps of the Gone)', '오늘밤은 공작 꼬리 꿈을(Dream Tonight of Peacock Tails)', '공화당은 기계다(The Republican Party Is a Machine)' 같은 제목들을 생각해냈다 (이것들은 모두 『브이』 속에서나 공공의 맥락에서나 근거를 지니는 것들이다. 독자가 직접 그 출처들을 찾아볼 수도 있겠다). 제목 정하기 놀이는 통제를 벗어날 지경으로 치닫다가 소설에 나오는 신비한 존재의 이름을 딴 '브이(V.)'─이름은 간단하지만 그 존재는 결코 간단치 않다─로 귀결되면서 딜레마에서 벗어났다.

그 제목(『농장 이야기 *Of the Farm*』를 말함)은 원래 단순히 '농장(The Farm)'이었다. 하지만 제목이 너무 거창해서 오히려 사이비 같다는 느낌이 들었다. 'Of'라는 전치사를 붙이니 그런 느낌이 줄어들었다. 나는 이 작품이 농장에 '관한' 것이며, 등장인물들은 농장 '에 속하고', 대지의 일부로서 세속적이며 유한하고 타락했으며 불완전한 존재라는 뜻을 담고 싶었다.

—존 업다이크(John Updike)

꩜

J. D. 샐린저
호밀밭의 파수꾼

The Catcher in the Rye (1951)

『호밀밭의 파수꾼』은 첫 출간 이후 줄곧 첨예한 논란의 대상이었다. 학교 도서관들에서 금서로 지정됐는가 하면 숨은 의미가 무엇인지 파헤쳐졌고, 심지어는 불에 태워지기까지 했다. 제목 역시 아직도 수수께끼 같은 느낌을 준다. 그러나 이 어구는 소설 속의 한 대목에서 온 것이다. 주인공인 홀든 콜필드에게 뭐가 되고 싶냐고 누이동생이 묻는다. 홀든은 자신을, 어린아이들을 보호하는 일종의 목동으로 상상한다. 호밀밭에 서서 주변의 아이들이 행복하게 뛰노는 모습을 지켜보는 것이다. 홀든은 이렇게 말한다. "벼랑 아래로 떨어지려는 애는 다 붙잡아야지. 나는 바로 호밀밭의 파수꾼이 될 거야. 이상한 말이라는 건 알아. 하지만 내가 정말로 되고 싶은 건 바로 그거야."

샐린저는 책이 출간된 이후 단 한 번도 그것에 대해 언급한 적이 없었다. 그는 글쓰기만큼이나 은둔하는 삶으로 해서 유명해졌다. 1951년에 이 책을 추천서로 선정한 '이달의 책 클럽(Book-of-the-Month Club)'의 설립자 해리 셔먼이 샐린저에게 책 제목을 좀 덜 튀는 것으로 바꿀 생각은 없느냐고 물은 적이 있다. 샐린저는 잠깐 생각하더니 대답했다. "홀든 콜필드가 좋아하지 않을 겁니다."

로버트 셔우드
화석의 숲

The Petrified Forest (1935)

『라이프』 잡지 편집자 출신이며 희곡『백치의 기쁨 *Idiot's Delight*』으로 퓰리처상을 받은 로버트 셔우드가 새 작품의 대사를 쓰기 시작했을 때는 자신도 이 작품이 어디로 향할지에 대해 뚜렷한 생각이 없었다. 그는 방금 새 사무실로 이사한 터였는데, 그 빈 방엔 뜬금없는 도로지도 한 권이 쓸쓸하게 비치되어 있을 뿐이었다. 지도를 들추어 보던 셔우드는 깡패들이 시골 식당을 습격하는 내용이 될 새 희곡의 배경을 애리조나 사막 가운데의 한 마을로 삼기로 결정했다. 극의 제1막에서 식당 여종업원이 지나가던 떠돌이 손님에게 어디로 가는 길인지 묻자 그 사내는 길 닿는 대로 가노라고 대답한다. 셔우드는 지도를 더 자세히 들여다보고서 자신의 희곡에 등장할 가상의 식당을 지나는 길이 화석의 숲으로 이어져 있음을 깨달았다. 그 순간 셔우드는 작품을 어떻게 전개시켜 나갈지, 제목은 무엇이어야 할지를 알게 되었다. ('화석의 숲'이란 나무의 화석들이 있는 숲을 말하며 미국 여러 군데에 산재하나, 대개는 애리조나 주의 '페트리파이드 포리스트 국립공원'을 가리킨다.―옮긴이)

윌리엄 L. 샤이러
제3제국의 흥망

The Rise and Fall of the Third Reich (1960)

유럽과 아시아에서 해외 특파원과 방송인으로서 특출난 경력을 쌓은 윌리엄 L. 샤이러는 1949년에 담당 편집자의 집에서 소설 한 편을 마무리짓고 있었다. 소설을 끝낸 뒤에는 무엇을 쓸지 생각해두었느냐는 질문에 샤이러는 대답했다. "생애 처음으로 무얼 쓸지를 알 뿐만 아니라 제목까지도 정해놓았지요. '제3제국의 흥망'이라고 할 생각이에요." 편집자가 대꾸했다. "빌, 제발 부탁하는데 '제3제국의 흥망'이라는 제목의 책을 우리 출판사에서 내자고는 하지 말아요." 그래서 샤이러는 새로

Rise
and Fall
of the
Third
Re[ich]
The
Ollas
of
Dance
Alice
[Rea]d

운 출판사를 물색했으나 그다지 행운이 따르지 않았다. 마침내 사이먼 앤드 슈스터(Simon & Schuster) 출판사의 한 편집자가 모험을 해보기로 하고 샤이러에게 선인세 1만 달러를 주었다. 샤이러는 이렇게 회고했다. "결국은 그 1만 달러가 10년 노동의 대가가 되었다……." 10년 동안의 자료조사 끝에 그는 파산 상태가 되었다. 샤이러의 회고는 이렇게 이어진다. "그 뒤에도 계속 빈털터리로 남아 있을 것 같았다. 사이먼 앤드 슈스터의 영업자들이 그 책을 팔 자신이 없다고 했던 것이다. 그래서 책의 초판은 아주 조금밖에 찍지 않았다. 어느 편집자는 나한테 이렇게 말했다. '돈벌이는 다른 방도를 알아보시는 게 좋을 거예요.'"

그 책은 양장본과 페이퍼백 모두 사상 최대의 판매고를 기록한 책 중 하나가 되었고, 전 세계 거의 모든 언어로 번역되었다.

20세기 초 출판인들 사이에 유행한 농담 중 한 가지는 '가장 이상적인 책 제목은 당대의 잘 팔리는 주제들을 합쳐놓은 것'이라는 생각에 바탕을 둔 것으로, '링컨의 의사의 개(Lincoln's Doctor's Dog)'가 그 같은 제목으로 제시됐다(이 책 33~35쪽 참조—옮긴이). 한참 세월이 지난 뒤 사이먼 앤드 슈스터의 한 편집자가 자기 시대의 대히트작들을 감안하여 새로운 이상적 제목을 만들어보았는데, '추잡한 종교 미술 걸작 정선(A Treasury of Filthy Religious Art Masterpieces)'이 그것이었다(베스트셀러를 많이 낳은 '……하는 법(How to)'은 비록 제외되었지만 말이다).

—피터 슈웨드(Peter Schwed)

거트루드 스타인
앨리스 B. 토클라스 자서전

The Autobiography of Alice B. Toklas (1933)

앨리스 토클라스는 프랑스를 문화와 미(美)의 동의어로 만든 유명한 화가 및 작가들과 나누었던 멋진 음식들에 대하여 『앨리스 B. 토클라스의 요리책 *Alice B. Toklas Cookbook*』―거기에는 해시시가 들어간 악명 높은 초콜릿 케이크의 조리법도 포함되어 있다―이란 책을 써서 내기는 했지만 자서전을 쓴 적은 없다. 같은 미국 출신 이주자이며 삶의 반려자인 거트루드 스타인이―정작 자기의 자서전은 결코 쓰려 하지 않았을 사람이―앨리스를 대신해서 6주라는 짧은 기간에 그녀의 자서전을 썼다. 스타인은 그 원고를 농조로 '위대한 이들과 함께한 나의 삶(My Life with the Great)' 이라고 불렀다가 '거트루드 스타인과 함께한 나의 25년(My Twenty-Five Years with Gertrude Stein)' 이라고 부르기도 했으며, 급기야는 '내가 같이 앉아본 천재들의 부인들(Wives of Geniuses I Have Sat with)' 이라 하기도 했다. 책이 나오자 본디 수줍은 성격이어서 남의 눈에 두드러지지 않으려고 애써왔던 토클라스는 일약 문단의 명사가 되었다. 그 같은 상황을 스타인은 재미있어 했다. 그녀는 이렇게 말했다. "앨리스가 자신의 자서전을 쓴 거예요. 이제 누구나 자서전을 쓸 겁니다. ……자서전은 그처럼 쉬운 거예요 좋든 싫든 자서전은 누구한테나 쉬운 겁니다."(마지막 문장처럼 중간에 구두점이 없고 동어반복을 하는 것은 스타인

이 글에서 즐겨 쓴 어법이다.—옮긴이)

> 거트루드 스타인의 시 제목 가운데 호소력이 가장 강한 것 중 하나인 '우정의 꽃이 시들기 전에 우정이 시들었네(Before the Flowers of Friendship Faded Friendship Faded)'는 그녀의 평생 반려였던 앨리스 B. 토클라스한테서 나온 것이다. 토클라스는 어느 식당에서 한 여성이 점심 파트너에게 프랑스어로 그 말을 하는 걸 들었노라고 주장했다.

존 스타인벡
에덴의 동쪽

East of Eden (1952)

사랑과 죄악과 살인을 다룬 이 위대한 소설의 앞부분 몇 장(章)을 쓰고 있을 때부터 스타인벡에게는 이 소설이 성격과 범위, 언어에 있어서 성서적이 될 것이라는 사실이 분명해졌다. 애덤 트래스크와 그의 두 아들 캘과 애런의 삶을 중심으로 전개되는 이야기는 그 무대인 캘리포니아의 무성한 처녀지 이름을 따서 '살리나스 계곡(The Salinas Valley)'이라고만 부르기에는 너무도 강력한 것이었다. 스타인벡은 '나의 계곡(My Valley)'이라는 제목으로 개인적인 느낌을 부여할까 했으나 작가 자신도 편집자도 그건 너무 약하다고 판단했다. 「창세기」 4장에서 완벽한 제목을 찾아낸 사람은 스타인벡의 아내 일레인이었다. 처음에는 (스타인벡에게는) '부드럽게' 들렸으나, 유래를 알고 나면 강렬하고 호소력이 있는 제목이었다. 스타인벡은 한 친구에게 이렇게 썼다. "제목은 16절에서 따왔지만, 관련 구절 전체가 소설의 내용에 부합합니다."

가인이 그 아우 아벨에게 고하니라 그 후 그들이 들에 있을 때에 가인이 그 아우 아벨을 쳐죽이니라

여호와께서 가인에게 이르시되 네 아우 아벨이 어디 있느냐 그가 가로되 내가 알지 못하나이다 내가 내 아우를 지키는 자니이까

가라사대 네가 무엇을 하였느냐 네 아우의 핏소리가 땅에서부터 내게 호소하느니라

땅이 그 입을 벌려 네 손에서부터 네 아우의 피를 받았은즉 네가 땅에서 저주를 받으리니

네가 밭 갈아도 땅이 다시는 그 효력을 네게 주지 아니할 것이요 너는 땅에서 피하며 유리하는 자가 되리라

가인이 여호와께 고하되 내 죄벌이 너무 중하여 견딜 수 없나이다

주께서 오늘 이 지면에서 나를 쫓아내시온즉 내가 주의 낯을 뵈옵지 못하리니 내가 땅에서 피하며 유리하는 자가 될지라 무릇 나를 만나는 자가 나를 죽이겠나이다

여호와께서 그에게 이르시되 그렇지 않다 가인을 죽이는 자는 벌을 칠 배나 받으리라 하시고 가인에게 표를 주사 만나는 누구에게든지 죽임을 면케 하시니라

가인이 여호와의 앞을 떠나 나가 에덴 동편 놋 땅에 거하였더니……

—창세기 4장 8~16절 (한글 개역 성서)

존 스타인벡
분노의 포도

The Grapes of Wrath (1939)

1938년 새 작품의 원고를 쓸 때 스타인벡은 집중이 되질 않아 무척 애를 먹고 있었다. 이웃집에서 마루를 까느라 밤이고 낮이고 망치를 두들겨댔기 때문에 스타인벡은 화가 나서 미칠 지경이었다. 줄리아 워드 하우(Julia Ward Howe)가 노래 가사로 쓴 「공화국 찬가(The Battle Hymn of the Republic)」에서 책의 제목을 찾아낸 것은 그의 첫 부인 캐럴이었다.

> 내 눈은 주님의 영광이 오심을 보았네
> 주님은 모아둔 분노의 포도를 짓밟으시네
> 주님은 무서운 책벌의 칼을 번득이시네
> 주님의 정의로운 행진은 계속되리라.

"놀라운 제목이다. 마침내 책에 존재감이 생겼다." 스타인벡은 일기에 이렇게 썼다. 그리고 에이전트에게 말했다. "행진곡이라는 게 마음에 들어요. 내 책도 일종의 행진이거든요. 그러니까 우리의 혁명 전통에 속해 있는 거예요……."

제목이 그 책의 운명을 예견한, 우리가 아는 유일한 사례로 존 스타인벡의 『제멋대로 가는 버스 *The Wayward Bus*』를 들 수 있다. 제본소에서 이 책의 초판을 싣고 나온 트럭이 도로를 달리다가 사고로 화염에 휩싸이는 바람에 책이 모두 파손되어 버렸다. 트럭과 충돌한 것은 중앙선을 넘어 달려오던 '제멋대로 가는' 버스였다.

존 스타인벡
생쥐와 인간

Of Mice and Men (1937)

정신 지체자인 거인 레니와 그의 친구 조지의 비극적인 이야기(두 사람은 목장에서 한시적으로 일하는 계절노동자다.—옮긴이), 그들을 갈라놓는 엄청난 사건을 다룬 이 소설의 제목으로는 작가가 가제로 삼았던 '무언가 일어났다(Something That Happened)' 보다 더 강한 게 필요했다. 스타인벡은 스코틀랜드 시인인 로버트 번스(Robert Burns)의 시 「생쥐에게(To a Mouse)」에서 제목에 대한 영감을 얻었다.

생쥐와 인간이 아무리 계획을 잘 짜도

일이 제멋대로 어그러져,

고대했던 기쁨은 고사하고

슬픔과 고통만 맛보는 일이 허다하다네.

로버트 루이스 스티븐슨
보물섬

Treasure Island (1883)

스코틀랜드 작가 스티븐슨의 첫 장편소설인 『보물섬』은 작가가 아들 로이드를 즐겁게 해주려는 목적에서 태어났다. 원래의 제목은 '배의 요리사(The Sea-Cook)'였다. 스티븐슨은 매일 쓴 원고를 아들에게 소리 내어 읽어주었고, 이야기를 설명하고자 신비한 섬의 지도를 수채 물감으로 그렸다. 지도가 매우 아름다웠기 때문에 스티븐슨과 아들 로이드, 그리고 출판사가 두루 좋아했고, 결국 지도를 좇아 책 제목을 '보물섬'으로 바꾸는 데 만장일치로 합의했다.

> 앤 타일러(Anne Tyler)는 1974년 작 소설 『천측항법 *Celestial Navigation*』의 제목에 관해 질문을 받고, 자신은 늘 그 구절이 마음에 들었노라고 답했다. "심지어 그 이름을 붙인 고양이도 한 마리 있었어요."

브램 스토커
드라큘라

Dracula (1897)

브램 스토커는 피를 빠는 드라큘라 백작이라는 악마적 주인공과 그가 등장하는 공포물의 이름을 역사상 실존했던 인물의 이야기에서 찾아냈다. 블라드 체페슈(Vlad Tepes, '찌르는 블라드'라는 뜻인데 말뚝 등을 몸에 꽂아 처형하는 방식을 즐겨 써서 이런 이름이 붙었다.—옮긴이)가 그 인물로, 15세기 중반에 왈라키아 공국(오늘날의 루마니아 남부에 해당하는 지역)의 영주였다. 블라드는 특히 야만적인 습벽이 있어서 왈라키아 말로 '악마'를 뜻하는 '드라큘라'로 알려지기도 했다. 이 이름은 용기와 잔인성, 또는 교활함으로 잘 알려진 인물들에게 흔히 붙여졌다. 블라드는 여러 차례 이웃 나라 영토를 침공하는 과정에서 수만 명의 무고한 민간인을 학살했으며, 꽂아 죽인 시체들 사이에서 홀로 식사하기를 즐겼다고 한다. (그의 공식 명칭은 블라드 3세이며, 드라큘라라는 이름에는 '용의 아들'이라는 뜻도 있다고 한다. 아버지 블라드 2세의 별명이 '드라쿨' 즉 '용'이었다.—옮긴이)

어빙 스톤
삶의 욕망

Lust for Life (1934)

화가 빈센트 반 고흐의 생애를 소설적으로 재구성한 어빙 스톤의 이 개척적인 저서는 내용과 제목이 작가의 머릿속에서 완성된 채로 솟아오른 것 같았다. 『삶의 욕망』(한국어판은 『빈센트, 빈센트, 빈센트 반 고흐』.—옮긴이)은 고흐의 작품에 대한 열광에 불을 붙였으며 그 열광은 오늘까지 계속되고 있다. 책이 출간된 뒤 뉴욕 현대미술관(Museum of Modern Art,

MOMA)은 입구에 무질서하게 줄지어 선 미술 애호가들의 질서 유지를 위해 경찰을 동원해야 했다. 뿐만 아니라 5번가를 따라 나 있는 멋진 가게들의 창에는 반 고흐 작품의 복제판들과 해바라기 모자, 그리고 반 고흐 풍의 야회복과 운동복, 장갑, 드레스 등이 전시되었다.

동부의 대서양 연안 지역으로 책 출간 홍보 여행을 갔다가 캘리포니아의 집으로 돌아온 스톤은 뉴욕의 한 제조업자가 보낸 전보 한 장을 받았다. '삶의 욕망 네글리제'(네글리제는 얇은 천으로 원피스처럼 만든 여성용 잠옷—옮긴이)를 출시하고자 하는데 허락해 달라는 것이었다. ("이보다 더한 성공의 징표가 있겠어요?" 놀라서 얼떨떨해진 스톤이 한 말이었다.)

"근데 이런 비즈니스 스쿨 식의 허튼소리는 또 뭐죠? 제목이 정해졌다고 바로 책이 나오는 건 아니라구요."

—제이 매키너니(Jay McInerney),
소설 『빛이 떨어지다 *Brightness Falls*』에서.

해리엇 비처 스토
톰 아저씨의 오두막

Uncle Tom's Cabin (1852)

링컨이 "큰 전쟁을 일으킨 작은 숙녀"라 일컬었다는 스토 부인은 강력한 노예제 폐지론을 담은 이 소설의 제목과 이야기의 기본적 요소를 실제로 있었던 사건에서 가져왔다. 1851년 초봄 조지아 주 사바나에서 도망친 톰 심스라는 노예가 남부에서 파견된 보안관보에 의해 보스턴에서 붙잡혀 감금되었다. 심스는 분노한 노예제 반대 군중들의 항의에 대비해 출동한 경찰 300여 명이 경비하는 가운데 원래의 주인에게로 돌려보내졌다. 해리엇 스토는 이 일을 전해 듣고 미국 사회의 근본적인 비인간성에 분노를 느껴 이 소설을 썼다. 처음에는 '물건이었던 남자(The Man that Was a Thing)'라는 부제를 붙였으나, 북부 이외 독자들의 반응을 걱정한 편집자의 권고를 받아들여 조금 덜 도발적인 '천한 자들의 삶(Life among the Lowly)'으로 바꾸었다.

윌리엄 새커리
허영의 시장

Vanity Fair (1848)

영국의 사회상을 그린 이 방대한 희비극은 이미 브래드버리 앤드 에번스(Bradbury and Evans) 사에서 출판하기로 약속이 되어 있었지만, 새커리는 제목이 마음에 들지 않았다. '주인공 없는 소설—영국 사회의 개략적인 스케치(The Novel without a Hero: Pen and Pencil Sketches of English Society)'라는 제목이 너무 길고 거추장스러운 데다, 제목도 주인공도 없는 소설 같은 느낌을 주었기 때문이다. 그는 원고도 다듬고 혼자 조용히 쉬기도 할 겸해서 바닷가로 갔다. 그곳에서 11월의 어느 습한 밤에 새커리는 적당한 제목을 찾아 "머릿속을 샅샅이 뒤졌다." 어둠 속 침대에 누운 채 잠들지 못하고 있을 때 존 버니언(John Bunyan)의 『천로역정 *The Pilgrim's Progress*』 중 한 구절이 흡사 천상에서 보낸 듯이 홀연히 떠올랐다: "그 시장의 이름은 '허영의 시장'이었다. 왜냐하면 그 장이 서는 마을이 허영보다 가벼웠기 때문이다." 그는 침대에서 뛰어나와 촛불을 켜고 방 안을 돌면서 세 번 소리쳤다. "허영의 시장, 허영의 시장, 허영의 시장!"

⌒

어니스트 로렌스 세이어
타석에 선 케이시

'Casey at the Bat' (1888)

영웅시의 문체를 모방한 작품으로 수없이 되풀이해서 읽히고 낭송돼 온 세이어의 이 시가 처음 실린 지면은 1888년 6월 3일자 『샌프란시스코 이그재미너』 신문이었다. 세이어는 주인공의 이름을 실제 야구선수였던 대니얼 모리스 케이시에게서 따왔는데, 그는 강타자는 아니었지만 디트로이트와 필라델피아에서 외야수와 투수로 뛰었다. 그보다 잘 알려진 형 데니스는 볼티모어와 뉴욕에서 외야수로 뛰었다. 대니얼 케이시는 1943년까지 살았다. 시가 처음 발표되었을 당시에는 아직 저작권법이 없었기 때문에, 미국에서 가장 많이 암송되는 이 시를 가지고 케이시도 어니스트 세이어도 돈은 전혀 벌지 못했다.

딜런 토머스
밀크우드 아래서

Under Milk Wood (1954)

웨일스 출신의 시인이자 극작가인 딜런 토머스는 청중에 대한 배려라고는 손톱만큼도 없는 인물이었다. 그의 경멸감을 전형적으로 보여주는 사례가 'Llareggub'이라는, 형태도 발음도 웨일스어 같은 희곡 제목이었다(이것은 희곡에 나오는 가상의 웨일스 마을 이름이다. 웨일스어식 발음은 '라레깁'이라고 한다.—옮긴이). 한데 이 철자를 거꾸로 읽으면 'bugger-all' 즉 '무(無)'라는 뜻이 된다. 이 장난이 유치한 데다 미국 관객들에게는 지나치게 모호하다고 생각한 친구들이 토머스를 설득해서 한결 울림이 좋은 '밀크우드 아래서'로 제목을 바꾸도록 했다.

J. R. R. 톨킨
호빗

The Hobbit (1937)

어느 더운 여름날 옥스퍼드 대학교 중세영어 교수였던 톨킨은 영문학 시험 답안들을 손보고 있었다. 학생 중 하나가 문제를 다 풀지 않았기 때문에 톨킨은 답안지의 빈 칸에다 아무렇게나 낙서를 하기 시작했다: "땅

속 어느 굴에 호빗 하나가 살고 있었다." 그는 나중에 이때를 회고했다. "이름은 언제나 내 마음 속에서 이야기를 만들어낸다. 결국 나는 호빗이 무엇인지를 결정해야 한다고 생각했다." 이렇게 해서 하나의 신화가 탄생했다. 톨킨은 이렇게도 썼다. "나는 사실 몸집을 제하고는 호빗과 똑같다. 나는 정원과 나무, 그리고 기계화되지 않은 농장을 좋아한다. 파이프 담배를 피우며, (냉장되지 않은) 소박하고 맛있는 음식을 즐기지만 프랑스 요리는 싫어한다. 장식적인 양복조끼를 좋아해, 사람들이 멋을 잃은 요즘에도 그런 조끼를 과감히 입곤 한다. 나는 또 (들에서 바로 딴) 버섯을 좋아하며, 단순한 유머 감각을 지니고 있다(나한테 호의적인 비평가들조차 지루해한다). 나는 늦게 자고 (가능할 때면) 늦게 일어난다. 여행도 많이 하지 않는다."

꿍

J. R. R. 톨킨
반지의 제왕

The Lord of the Rings (1954~56)

『호빗』의 이야기를 이어가는 『반지의 제왕』은 세 권으로 나올 참이었기 때문에 세 개의 제목이 필요했다. 톨킨의 출판사인 앨런 앤드 언윈 (Allen & Unwin)은 이 작품이 엄밀하게 말하면 삼부작은 아니지만—톨킨은 강력하게 삼부작이 아니라고 했다—세 권의 책이 각기 다른 제목으로 나오면 서평도 세 배로 받아 판매에 도움이 될 것이며, 만일 한 권이

었다면 그 부피 때문에 겁을 먹었을 독자들도 부담 없이 다가올 수 있다고 판단했다. 톨킨은 세 권을 한데 아우르는 제목으로 『반지의 제왕』을 유지해야 한다고 주장해 관철시켰지만, 출판사의 입장을 고려해서 각 권의 제목은 『반지원정대 *Fellowship of the Ring*』(1954), 『두 개의 탑 *The Two Towers*』(1955), 『왕의 귀환 *The Return of the King*』(1956)으로 하기로 했다. (제3편 제목으로 톨킨은 '반지 전쟁[The War of the Ring]'을 선호했다.)

편집자이자 소설가인 프랭크 노리스(Frank Norris)의 형 찰스 노리스(Charles Norris)는 자신의 작품에 아주 간결한 제목을 붙이고는 했다. 『빵 *Bread*』, 『소금 *Salt*』, 『놋쇠 *Brass*』 식이었다. 이런 직접성에 필적할 만한 것이 아마도 크누트 함순(Knut Hamsun)의 『굶주림 *Hunger*』, 아이작 바셰비스 싱어(Isaac Bashevis Singer)의 『찌꺼기 *Scum*』, 해리 크루스(Harry Crews)의 『차 *Car*』, 조세핀 하트(Josephine Hart)의 『손해 *Damage*』 따위일 것이다.

레프 톨스토이
전쟁과 평화

War and Peace (1864~69)

톨스토이는 애초에 이 방대한 소설을 나폴레옹 전쟁 이후인 1820년대 암흑기 러시아의 파노라마로서 구상했다. 제목은 '1825년'이 될 터였다. 하지만 집필을 위한 조사를 진행하면서 그는 자신이 쓸 이야기의 진정한 핵심과 가장 흥분되고 압도적일 수 있는 사건 구성은 나폴레옹 전쟁 당시에서 찾아야 한다는 사실을 깨닫게 되었다. 주요 인물들을 20년 전으로 올리면서 그는 책 제목 역시 '1805년'으로 바꾸었다. 소설은 그 제목으로 『러시아의 전령 *Russkiy Vestnik*』이라는 잡지에 연재되기 시작했다. 여러 장을 써나간 뒤에 톨스토이는 제목을 '끝이 좋으면 모든 게 좋다(All's Well that Ends Well)'로 하기로 결정했다. 모든 등장인물이 해피엔딩을 맞도록 쓸 생각이었던 것이다. 안드레이 공은 전쟁에서 입은 상처를 딛고 살아나고, 피에르는 진정한 사랑과 결혼한다는 등등. 하지만 글이 자꾸 길어지면서 톨스토이는 작품에 대해 더 진중해졌다. 이 소설은 러시아 역사의 기념비적인 시기에 대한 엄숙한 기술이 되어야 했고, 따라서 무언가 무게 있는 이름이 필요했다. 그런 조건에 합당한 제목이라면 여러 세기에 걸쳐 러시아인들의 삶의 기본적 요소를 이뤄온 '전쟁과 평화'가 될 수밖에 없었다. (여기서는 언급이 없지만, 톨스토이는 이 제목을 정할 때 무정부주의자 피에르 조제프 프루동이 1861년에 낸 책 『전쟁과 평화 *La Guerre et la Paix*』의 영향을 받았다고 한다.—옮긴이)

풍경이 들어간 책 제목들

『마의 산 *The Magic Mountain*』(토마스 만, 독일어 원제는 '*Der Zauberberg*')
『고독한 사막 *Desert Solitaire*』(에드워드 애비, 한국어판은 『태양이 머무는 곳, 아치스』)
『잃어버린 지평선 *Lost Horizon*』(제임스 힐튼)
『오래된 숲 *The Old Forest*』(피터 테일러)
『아프리카의 푸른 언덕 *The Green Hills of Africa*』(어니스트 헤밍웨이)
『해변에서 *On the Beach*』(네빌 슈트)
『정글북 *The Jungle Book*』(러디어드 키플링)

『모래의 여인 *Woman in the Dunes*』(아베 고보, 일본어 원제는 '砂の女')

『양파 밭 *The Onion Field*』(조지프 웜보)

『잔인한 바다 *The Cruel Sea*』(니컬러스 몬서래트)

『이야기의 바다 *The Ocean of Story*』(소마데바, 인도 원제는 'Kathāsaritsāgara')

『절벽에 사는 사람들 *The Cliff Dwellers*』(헨리 블레이크 풀러)

『긴 골짜기 *The Long Valley*』(존 스타인벡)

『흐르는 강물처럼 *A River Runs through It*』(노먼 매클린; 브라질 작가 코엘류의 『흐르는 강물처럼 *Like the Flowing River [Ser como o rio que flui]*』도 있다. ─옮긴이)

유도라 웰티
녹색 커튼

A Curtain of Green (1941)

"저는 제목에 관해선 젬병이에요." 남부의 위대한 작가 유도라 웰티는 이렇게 말했다. "어떻게 지어야 할지를 모르겠어요. 내가 소설에서 정말로 자신이 없는 게 바로 제목이에요." 제목에 대한 그녀의 어려움은 첫 작품집인 이 책에서부터 시작되었다. '녹색 커튼'이라는 제목은 다른 것이 됐을 수도 있었다. "첫 책을 무어라 불러야 할지 아무도 몰랐어요. 모든 사람이 대부분의 제목에 대해 반대했지요. 누구도 아무 의견을 표하지 않은 제목이 단 하나 있었어요. '녹색 커튼'이 그것이었죠. 편집자는 이렇게 말했어요. '이 책을 『녹색 커튼』이라고 하면 앞으로는 다른 제목을 궁리할 필요가 없을 거예요. 두 번째 책은 『검은 커튼』, 그 다음엔 『푸른 커튼』 하는 식으로 붙일 수 있을 테니까. 마지막 책은 그저 『커튼들 *Curtains*』로 하면 되겠네요('curtain'에는 '막을 내린다'는 의미도 있다.—옮긴이).'"

존 케네디 툴
바보 동맹

A Confederacy of Dunces (1980)

뉴올리언스 출신의 젊은이 툴은 자신의 소설을 출판할 수 없었다. 세계의 부조리에 맞서는 남자의 이야기를 코믹하게 그린 자신의 소설이 출판사들에서 거듭 퇴짜를 맞자 절망에 빠진 툴은 자살하고 말았다. 슬픔에 잠긴 어머니의 지칠 줄 모르는 시도 덕분에 툴의 사후 11년 만인 1980년에 출간된 이 소설은 퓰리처상까지 받았다. 툴의 제목은 이 소설에 정확하게 들어맞는다: "세상에 진짜 천재가 나타났을 때 그를 알아보게 해주는 징표가 있다. 세상의 바보들이 그에 맞서 동맹을 맺는 것이다."(조너선 스위프트의 「도덕적이거나 기분전환용이거나 다양한 주제에 관한 생각들」에서)

෬

패트릭 화이트
포스

Voss(1957)

노벨상을 수상한 오스트레일리아 작가 패트릭 화이트는 자신의 책 제목에 대해 매우 깐깐한 사람이었다. '이달의 책 클럽'에서 『포스』를 추천서로 선정하면서 작가에게 제목에 대한 불만을 표하자 그는 이렇게 대꾸했다. "책이란 제목과 더불어 성장하는 겁니다. 책 제목에 대해 뒤늦게 우왕좌왕하다 보면 할리우드의 엉터리 영화 짝이 납니다. 게다가 최근에 생각난 건데 오래전에, 제가 글이라 할 만한 것을 내놓기도 전에, 집안 아주머니 중 한 분이 제가 '웃기는 외국 이름을 붙인 책'으로 크게 성공하는 꿈을 꾸었다고 하신 일이 있습니다. 그 일 때문에라도 제목은 지금대로 유지돼야 합니다." (소설 주인공 포스는 독일인이다.―옮긴이)

어떤 작가들한테는 제목이 아무런 문제도 되지 않는다. 그들에게 제목은 불꽃처럼 하늘에서 떨어져 내리기 때문에 그 제목에 맞는 책을 쓰기만 하면 되는 것이다. 『실낙원*Paradise Lost*』, 『허영의 시장』, 『전쟁과 평화』, 『무기여 잘 있거라*A Farewell to Arms*』, 『황무지*The Waste Land*』 같은 것이 그렇다.…… 〔제목은〕 자족적이어야 하며, 프랑스어나 라틴어여서는 안 되고, 'pericope(인용구)'나 'pangolin(천산갑)'처럼 발음하기 까다로운 단어를 포함해서도 안 된다.

―시릴 코널리(Cyril Connolly)

테네시 윌리엄스
욕망이라는 이름의 전차

A Streetcar Named Desire (1947)

퓰리처상을 받은 테네시 윌리엄스의 이 잔혹한 희곡은 많은 이들에게 뉴올리언스라는 도시를 상징한다. 처음에는 제목이 '나방(The Moth)'이 었고 그 뒤엔 '블랑시의 달빛 의자(Blanche's Chair in the Moon)'—시들 어가는 남부 미인 블랑시 뒤부아가 달빛 아래에서 약골 남자친구를 헛 되이 기다리는 이미지를 살린 제목이다—였던 이 작품은 원고 상태에서 몇 년 동안 '포커 치는 밤(The Poker Night)'으로 행세하다가 이제는 고 전이 된 저 제목을 찾았다. 윌리엄스는 한 산문에서 이렇게 썼다. "나는 〔뉴올리언스의 프렌치〕 쿼터의 중심가 근처에서 산다('프렌치 쿼터'는 프 랑스인들이 살던 지역이다.—옮긴이). 이 거리를 따라 두 대의 전차가 같은 선로를 달리는데 하나는 '욕망(Desire)'이라는 이름을, 다른 하나는 '공 동묘지(Cemeteries)'라는 이름을 달았다. 그 전차들이 로열 스트리트를 꾸준히 오르락내리락하는 모습이 내게는 뷰 카레(프렌치 쿼터의 다른 이 름.—옮긴이)에서 이루어지는 삶의 성격을 개괄적으로나마 어느 정도 상 징한다고 느껴졌다. 따지고 보면 뷰 카레만이 아니라 다른 모든 곳의 삶도 마찬가지겠지만." 그런 의미에서 작품 속 블랑시의 첫 대사는 상당한 상징성을 지니고 있는 셈이다: "사람들이 저더러 '욕망'이라는 이름의 전차를 탄 다음 '공동묘지'라는 전차로 갈아타라고 하더라구요."

～

테네시 윌리엄스
장미 문신
The Rose Tattoo (1950)

슬픔에 찌든 미망인 세라피나 델 로즈와 가슴에 장미 문신을 새긴 남편 로사리오의 이야기를 다룬 이 희곡은 처음에는 '1919년 5월 29일의 일식(The Eclipse of May 29, 1919)'으로 불렸다가 나중에는 '스토르넬로(Stornello)'로 불렸다. 이 작품에 등장하는 장미에 관한 숱한 암시는 작가의 누나 로즈와 관련이 있다. 정신병 때문에 여러 시설에 수용되고는 했던 로즈가 남동생에게는 평생에 걸친 걱정거리였다. 그가 『장미 문신』을 쓰는 동안 누나의 병세가 악화했기 때문에 윌리엄스의 정신은 완전히 누나에게 쏠려 있었고, 그가 생각했던 제목들 역시 누나의 상태와 연관된 것들이었다. '장미를 위한 기도(Novena to a Rose)', '장미에게 촛불을(A Candle to a Rose)', '성모님께 장미를(A Rose for Our Lady)', '성모가 내미신 장미 한 송이(A Rose from the Hand of Our Lady)', '장미를 위한 영원한 기도(Perpetual Novena to a Rose)' 등등.

테네시 윌리엄스
뜨거운 양철 지붕 위의 고양이

Cat on a Hot Tin Roof (1955)

잘나가는 육상선수였다가 내성적인 알코올 중독자가 된 주인공 브릭은 「여름 경기의 세 선수(Three Players of a Summer Game)」라는 단편소설에서 처음 선을 보였다. 그 이야기가 마음에 들지 않았던 윌리엄스는 단편을 희곡으로 만들고 브릭의 육감적인 부인 매기—'고양이' 매기—를 추가했다(남자 주인공은 같으나 이야기는 달라졌다.—옮긴이). 새 제목에 대해 윌리엄스는 이렇게 회고한다. "내 아버지는 말을 만드는 데 뛰어난 재능을 지니고 있었다. '뜨거운 양철 지붕 위의 고양이'라는 제목은 그분한테서 나온 것이다. 아버지는 이렇게 말하고는 했다. '에드위나, 당신은 나를 뜨거운 양철 지붕 위의 고양이처럼 안달하게 만드는구려!'"

그는 아예 책에 제목을 붙이지 않을까 한다고 말했다. "책이 그 자체로 충분히 훌륭하다면 말이에요……." 그는 담배를 흔들면서 중얼거렸다. 로센스타인은 책에 제목이 없으면 판매에 지장이 있을 거라며 반대했다. 그는 이렇게 말했다. "만일 서점에 들어가서 그저 '있어요?'라거나 '한 권 있나요?'라고 말한다면 내가 무슨 책을 찾는지 그들이 어떻게 알겠어요?"

—맥스 비어봄(Max Beerbohm),
단편소설 「이노크 솜스(*Enoch Soames*)」에서.

가족이 들어간 제목들

『굿 마더*The Good Mother*』(수 밀러)

『아버지와의 생활*Life with Father*』(클래런스 데이 주니어)

『바냐 아저씨*Uncle Vanya*』(안톤 체호프)

『아들과 연인*Sons and Lovers*』(D. H. 로렌스)

『진리는 시간의 딸*The Daughter of Time*』(조세핀 테이)

『부엌신의 아내*The Kitchen God's Wife*』(에이미 탄)

『사촌누이 베트*Cousin Bette*』(오노레 드 발자크, 프랑스어 원제도 'La Cousine Bette')

『이모와 여행하기*Travels with My Aunt*』(그레이엄 그린)

슬론 윌슨
회색 플란넬 정장을 입은 사나이

The Man in the Gray Flannel Suit(1955)

사이먼 앤드 슈스터의 한 편집자가 기자인 슬론 윌슨이 쓴 '한밤의 촛불(A Candle at Midnight)'이라는 제목의 소설을 작업하고 있었다. 그는 제목이 마음에 들지 않았다. 소설 속 거대 비즈니스의 세계가 떠오르지 않는다고 생각했기 때문이다. 그러던 어느 날 윌슨 부부가 출판사 사장 리처드 사이먼과 저녁을 먹는 자리에서 윌슨 부인은 『타임』과 『라이프』지에서 일하는 남편의 동료들을 가리켜 "회색 플란넬 정장을 입은 사람들"이라고 했다. 사이먼은 그 표현이 마음에 들었다. 책 제목과 표지 디자인의 가능성을 금방 알아본 것이다. 그는 옆의 편집자를 가리키며 "여기 공짜 모델도 있잖아요."라고 말했다. 그 편집자의 항의에도 불구하고 정장을—물론 회색 플란넬 정장으로—사들였고, 사진 촬영이 진행됐다. '회색 플란넬 정장을 입은 사나이'는 이렇게 해서 우리의 어휘에 등재되었다.

로마노네스 백작 부인 앨린(Aline)이 제2차 세계대전 중 미국 스파이로 활동한 일을 기록한 베스트셀러 회고록 『스파이는 붉은 옷을 입었다 *The Spy Wore Red*』는 본디 제목이 '암호명 왈패(Code Name: Butch)'였으나 나중에 바뀌었다. 앨린의 말에 따르면 'butch'라는 단어에 "다른 의미(여성 동성애자 중 남자 역할을 하는 사람.—옮긴이)도 있기 때문"이라는 것이었다.

토머스 울프
그대 다시는 고향에 가지 못하리

You Can't Go Home Again (1940)

토머스 울프 사후에 출간된 그의 이 마지막 소설은 앞선 작품들과 마찬가지로 자전적 주인공(이 책에서는 조지 웨버)의 이야기를 들려준다. 웨버가 노스캐롤라이나의 고향으로 돌아가는 설정은 울프 자신이 첫 소설 『천사여, 고향을 보라 *Look Homeward, Angel*』가 고향 애슈빌에서 당혹감과 비난을 불러일으킨 뒤 그곳으로 돌아간 일을 고스란히 반영한다. 울프는 이 작품을 쓰던 중 고발보도 전문 기자 링컨 스테픈스의 미망인인 저널리스트 엘라 윈터(Ella Winter)와 저녁을 먹으면서 자신의 치욕적인 경험을 들려주었다. 그러자 그녀는 이렇게 말했다. "하지만 누구도 다시는 고향에 가지 못한다는 걸 모르겠어요?" 울프는 그녀의 말을 잽싸게 낚아챘고, 이제는 누가 그런 표현을 쓰면 우리는 토머스 울프만을 생각할 뿐이다.

미국의 여성 시인 마야 안젤루(Maya Angelou)는 자신이 젊은 시절부터 토머스 울프의 제목 '그대 다시는 고향에 가지 못하리'에 동의하지 못했노라고 말한 적이 있다. 그녀의 생각에 오히려 우리는 진정으로 고향을 떠나지 못한다는 것이었다. "어딜 가든 고향이 따라다니죠. 손톱 아래에도 있고, 모낭 안에도 있으며, 미소 짓는 방식에도 엉덩이와 가슴의 움직임에도 고향이 있어요. 어디를 가든 고향을 벗어날 수는 없어요."

토머스 울프
천사여, 고향을 보라
Look Homeward, Angel (1929)

여전히 울프의 최고작으로 여겨지는 첫 소설 『천사여, 고향을 보라』는 노스캐롤라이나 출신 소년의 성장담이라는 외피를 쓴 자전소설이다(주인공의 이름은 유진 갠트다.―옮긴이). 울프가 고른 제목 '아, 상실(O Lost)'은 출판사 스크리브너스의 입장에선 그다지 상업성이 없어 보였다. 제목이 너무 무기력하다며 출판사에선 다른 것을 찾아보라고 요구해왔다. 다변(多辯)인 울프―어떤 이들은 그가 너무 장황하게 쓴다고 비난하기도 했는데―는 다른 제목들을 여럿 제시했다. '망명자의 이야기(The Exile's

Story)', '잃어버린 언어(The Lost Language)', '그들은 낯설고 그들은 길을 잃었다(They Are Strange and They Are Lost)' 같은 식이었다. 담당 편집자인 맥스웰 퍼킨스가 존 밀턴(John Milton)의 시 「리시다스(Lycidas)」에 나오는 한 구절을 제시해서 울프를 구해주었다. "이제, 천사여, 고향을 보라, 그리고 슬픔에 몸을 맡겨라." (그러니까, 구원과 부활에 대한 신념을 지녀라).

이건 지난주에 꾼 꿈이었어
어떤 식으로든 기록해야 할 것 같았지.
대단한 시가 될 것 같진 않았지만
제목은 마음에 들어.
　　　—웬디 코프(Wendy Cope),　시 「킹슬리 에이미스를 위해 코코아 만들기
　　　　　　　　　(*Making Cocoa for Kingsley Amis*)」에서.

어떤 제목 또는 제목 중 한 단어나 부분 덕에 좋은 결과를 보게 되면 그 발상을 원용한 책들이 잇따르기도 한다. 〔제목에서〕 '난롯가(Fireside)'라는 단어를 처음 사용한 것은 〔사이먼 앤드 슈스터의〕 편집자 잭 굿맨이 1930년대 초에 『난롯가에서 읽는 개 이야기*The Fireside Book of Dog Stories*』라는 사랑스러운 선집을 엮어냈을 때였다. 이 책이 엄청나게 팔리며 '이달의 책'으로 선정되자 그 뒤 온갖 종류의 선물용 책에 '난롯가'라는 단어가 거의 무차별적으로 사용되었다. 사랑 노래와 미국 노래에 관한 난롯가 책도 있었고, 『난롯가 요리책*Fireside Cook Book*』, 『난롯가 체스 책*Fireside Chess Book*』, 『난롯가 현대 유머 정선*Fireside Treasury of Modern Humor*』도 있었다. 난롯가 스포츠 책들도 꾸준히 나왔다. 『난롯가 야구*Fireside Baseball*』(판매에 성공하자 제2권과 3권이 뒤따랐다)에다 권투, 골프, 테니스, 경마, 미식축구, 낚시 등에 관한 난롯가 책들, 심지어는 카드와 총에 관한 난롯가 책들도 나왔다. 결국 '난롯가'라는 이름은 사이먼 앤드 슈스터 출판사와 동일시되다시피 해, 이 출판사가 급성장하는 양질의 페이퍼

톰 울프
허영의 불꽃

Bonfire of the Vanities(1987)

미국 사회상의 기록자라 할 수 있는 저널리스트이자 작가 톰 울프는
문화 습속에 대한 그의 신랄한 보고에 못잖게 독특한 의상으로도 잘 알
려져 있다(울프의 트레이드마크라 할 하얀 정장을 가리킨다. 겨울에도 입으며, 흰
넥타이와 흰 모자를 곁들이기도 한다.—옮긴이). 그는 이탈리아 피렌체로 여행
을 다녀온 뒤부터 '허영의 불꽃'이라는 구절을 책 제목으로 쓰고 싶어했
다. 피렌체에서 그는 피아차 델라 시뇨리아 광장을 구경했는데, 그곳은
15세기에 피렌체 주민들이 금욕주의적 사제 사보나롤라의 권유에 따라
세속의 물건들을 불태웠던 곳이다(종교개혁가 사보나롤라는 1494년부터 98년
까지 피렌체를 이끌면서 로마 교황과 대립하다가 처형됐다.—옮긴이). 피렌체는
방탕의 수렁에 빠져 있었고 시민들이 죄악을 씻어내도록 거대한 모닥불
을 피운 것이다. 책과 은제품, 옷, 그림 등 많은 것들이 모닥불에 던져졌
으며, 두 번째 모닥불이 피워졌다. 시민들은 두 번의 모닥불로 충분하다
고 생각했고, 세 번째 모닥불이 피워졌을 때에는 사보나롤라 자신을 불

에 태우기 위한 것이었다. 허영을 불태우는 모닥불이라는 생각은 울프에게 매력적인 제목 아이디어로 다가왔다. 사실 울프는 모닥불을 제목에 쓴 자신의 소설이 15세기 피렌체의 이야기와는 별 관련이 없다는 생각에서 제목의 연원을 설명하는 제사(題詞)를 덧붙일까 했으나, 그럴 경우 "내가 사보나롤라로 행세하는 셈이 됐을 테고 …… 그것은 무리한 유비(類比)였다."라고 생각해 그만두었다. 이에 대해 불평을 한 비평가나 독자는 거의 없었다.

1938년 윈스턴 처칠(Winston Churchill)은 『무기와 서약*Arms and the Covenant*』이라는 연설문집을 출간했다. 미국 쪽 출판사는 미국 독자들이 그 제목에 끌리지 않을 것이라고 판단하고 처칠에게 다른 제목을 제시해 달라고 요청했다. (출판사의 편집회의에 참석해본 사람이라면, 이 이야기 자체가 사실이 아닐 수는 있어도 이런 식의 부탁이 전혀 터무니없는 일은 아님을 알 것이다.) 처칠은 전보로 '고난의 날들(THE YEARS OF THE LOCUST)' 이라는 답을 보냈는데 전신기사가 잘못 읽는 바람에 '연꽃의 날들(THE YEARS OF THE LOTUS)' 로 접수되었다. 미국의 편집자들은 비록 처칠이 보낸 제목의 의미를 이해하지는 못했지만 그의 의도는 존중하기로 했다. 그리스 설화에서 연이 잠과 연관되어 있었기 때문에 처칠의 책은 미국에서 『영국이 잠들었을 때*While England Slept*』라는 이름으로 출간되어 대성공을 거두었다.

『반창고 사나이 댄 박사*Dr. Dan the Bandage Man*』라는 어린이 책을 내면서 사이먼 앤드 슈스터 출판사는 판촉용 선물로 반창고 여섯 개씩을 책에 끼워주기로 했다. 사장인 리처드 사이먼은 존슨 앤드 존슨 제약회사에 있는 친구에게 전보를 쳤다. "반창고 200만 개를 즉각 선적해 보내시압." 다음날 그는 이런 답신을 받았다. "반창고 부쳤음. 근데 대체 어디를 얼마나 다친 거요?"

"마지막 권은 보름에 걸쳐 씌어졌다. 리어던으로서는 이것만으로도 가히 영웅적인 성취였다. 왜냐하면 그에게는 단순히 글쓰기의 고통 말고도 다른 많은 어려움이 있었기 때문이었다. 작품을 시작하자마자 극심한 요통 발작이 왔다. 이틀인가 사흘 동안은 책상에 앉아 있는 것조차도 고문 같았다. 그는 지체부자유자처럼 움직였다. 요통에 이어 두통과 인후염, 심신쇠약이 뒤따랐다. 게다가 그 보름이 지나기 전에 또다시 약간의 돈이라도 장만할 방도를 마련해야 했다. 그는 전당포에 시계를 맡기고(그것으론 오랫동안 지탱할 수 없다는 걸 상상할 수 있을 터이다) 책을 몇 권 더 팔았다. 그런 온갖 어려움을 극복하고 마침내 이렇게 소설이 완성된 것이었다. '끝'이라는 글자를 쓴 다음 그는 몸을 뒤로 젖히고는 눈을 감고 한동안 백지 상태에서 시간이 흐르도록 내버려두었다.

 제목을 정하는 일이 남아 있었다. 그러나 그의 두뇌는 더 이상의 노동을 거부했다. 마지못해 몇 분 동안 생각해보다가 그는 여주인공의 이름 마거릿 홈을 떠올렸다. 그걸 그냥 제목으로 하면 될 터였다. 마지막 단어를 씀과 동시에 소설의 모든 장면과 인물, 대화 등은 벌써 모두 망각 속으로 미끄러져 들어가버렸다. 그는 그것들에 더 이상 신경을 쓰지 않았다."
—조지 기싱(George Gissing), 『신(新) 삼류문인의 거리*New Grub Street*』
(한국어판은 『꿈꾸는 문인들의 거리』.—옮긴이)

옮기고 보탠 이의 글
눈동자 그려 넣기

표지가 책의 얼굴이라면 제목은 눈동자에 해당한다. 사람의 눈동자만 보고도 그의 됨됨이와 그릇을 얼추 가늠할 수 있는 것처럼, 제목만으로도 책의 성격과 형태를 어느 정도는 짐작할 수 있다. 그것은 책의 제목이 본문의 내용을 집약하거나 함축하고 있기 때문이다. 무릇 좋은 제목은 책의 본문 내용을 암시하면서 독자의 호기심을 자극하는 것이어야 한다.

어떤 제목은 도무지 요령부득이어서 책을 다 읽고 나서도 뜻이 가물가물하다. 어떤 제목은 너무도 기발해서 작가 또는 편집자가 도대체 어떻게 이런 제목을 생각해 냈는지 궁금해지기도 한다. 너무도 유명해져서 책의 내용과 떼려야 뗄 수 없게 된 제목이 알고 보니 다른 제목으로 바뀔 뻔한 위기(?)도 없지 않았다. 작가들에 따라서는 일단 작품을 완성한 뒤에 비로소 제목에 대해 궁리하는 이들이 있고, 제목부터 확실하게 정해 놓아야 글을 쓸 수 있다는 이들도 있다. 앞의 경우를 결과로서의 제목이라 한다면 뒤의 경우는 원인으로서의 제목이라 할 법하다.

이 책은 영·미 문학작품들의 제목에 얽힌 흥미로운 이야기를 담고 있다. 유명한 제목들이 어떻게 해서 탄생했는지, 제목을 짓는 작가들의 버릇과 요령으로는 어떤 게 있는지, 제목을 둘러싸고 작가와 편집자 사이에 어떤 실랑이가 있었는지, 엉뚱하거나 기발한 제목들은 어떤 배경을 지니고 있는지 등 제목 이면의 흥미진진한 세계를 엿볼 수 있다. 잘 알려진 제목들도 있지만, 우리에게는 다소 생소한 작가와 제목도 없지 않다. 비록 낯선 작가와 작품이라 해도 제목에 얽힌 이야기만으로도 충분히 재미있고 유익하게 읽을 수 있을 것이다.

작가나 편집자처럼 제목에 대한 고민이 업무의 일부인 이들에게 이 책에 소개된 일화들은 신선하고 창조적인 자극을 줄 것이다. 그렇지 않은 보통의 독자들에게도 책의 중요한 부분인 제목의 세계를 깊숙하게 들여다볼 좋은 기회를 이 책이 제공할 것이라 믿는다.

영·미 문학작품들의 제목에 관한 책을 읽고 번역하다 보니 한국 문학작품들의 제목에 대해서도 비슷한 작업을 해보고자 하는 욕심이 생겼다. 줄잡아 100년의 연륜을 쌓아 오는 동안 한국 현대문학에도 숱한 제목들이 명멸했다. 제목에 얽힌 이런저런 일화와 뒷얘기들을 이따금씩 접한 적은 있어도 그것들을 한 권의 책으로 정리해 놓은 것은 없었던 듯하다. 그렇지만 게으름과 능력 부족으로 충분한 작업이 되지는 못한 것만 같아 아쉬움이 크다. 반드시 포함시켜야 했는데 빠뜨린 제목들이 부지기수일 것이다. 여기 포함된 제목들에 대해서도 좀 더 깊이 있고 재미있는 설명을 곁들일 수 있었을 것이다. 출간 일정을 마냥 늦출 수만은 없어 일단 지금까지의 조사 및 취재 결과를 내보낸다. 그러나 이 작업은 이

제 비로소 걸음마를 떼었을 뿐 가야 할 길이 창창하다. 기회가 닿는 대로 보완과 수정을 거쳐 더 풍부하고 알찬 내용으로 업그레이드할 것을 약속 드린다.

책을 소개하고 번역을 제안했을 뿐만 아니라 한국 편의 집필 역시 독려한 모멘토 출판사에 감사드린다. 번역에는 André Bernard, *Now All We Need Is a Title: Famous Book Titles and How They Got That Way* (W. W. Norton & Company Ltd, 1995)를 대본으로 삼았다. 번역은 물론 한국 편의 내용과 관련해서도 독자 여러분의 질정을 바란다.

—최재봉

고 은
만인보
(1986~2010)

"저 1980년 여름 신군부 세력에 의해 내란음모 및 계엄법 위반 계엄법 교사의 죄명으로 남한산성 밑 육군교도소 특별감방에 갇혀 있는 날들을 지내는 동안 구상한 것에 이 『만인보』가 있다. (……) 살아서 나간다면 몇 가지 일 중 가장 먼저 『만인보』에 매달려 보겠다고 다짐한 적도 있다."(『만인보』 16~20권 '시인의 말')

시인은 5·18이 터지기 전날인 1980년 5월 17일 이른바 김대중 내란음모 혐의로 경기도 성남 육군교도소 특별사동 독방에 수감됐다. 박정희를 암살한 김재규 중앙정보부장이 쓰다가 사형당한 방이었다. 창도 없는 데다 40촉짜리 전등은 자주 꺼졌다. 그 관 같은 방을 스크린 삼아 외할머니며 할아버지 같은 과거의 얼굴들이 나타났다가는 사라지곤 했다. 고은 시인의 대작 『만인보』는 이렇게 탄생했다.

'만인보(萬人譜)'라는 이름에 걸맞게 최초에는 우리 겨레 성원 1만 명을 시에 담겠다는 목표를 세웠다. 파리의 호적부와 겨루겠노라던 프랑스 작가 발자크를 연상시키는 호기였다. 아닌 게 아니라 『만인보』 13~15권에 붙인 '시인의 말'에서 고은은 발자크를 향해 '당신의 단명을 내가 보충하겠소.'라고 호언한다. 그러나 시간이 흐르면서 애초의 1만 명은 조금 축소되었다. 시의 편수로 따지자면 서시를 제하고 꼭 4,000편, 시에 그려진 인물들을 놓고 보자면, 조연급까지 포함해 모두 5,600여 명이 『만인보』의 족보에 등재되었다. 4,000이 됐든 5,000이 됐든, 수천 명의 초상화를 모자이크 조각처럼 이어 붙여 그린 겨레의 초상이자 시대의 벽화.『만인보』를 이렇게 요약하고 싶다.『만인보』는 1940년대에서부터 1980년 5·18까지의 시기를 주된 배경으로 삼아 시인이 직간접적으로 알았던 이들의 삶을 시로 재구성한다. 일관된 줄거리나 방향을 지닌 것은 아니나, 구체적이고 개별적인 삶들이 모여서 거대한 그림을 이룬다. 그 안에는 잘 알려진 삶도 있지만 역사의 뒤꼍에 묻힐 뻔한 장삼이사 우수마발의 구지레한 삶 역시 당당히 제자리를 차지하고 있다. 그 삶들은 불교에서 말하는 인드라망의 구슬들처럼 서로의 삶을 비춰준다.

고종석

찬 기 파 랑

(1997)

　고종석의 단편 「찬 기 파랑」은 「찬기파랑가」라는 향가 제목을 패러디한 작품이다. 알다시피 충담사가 지은 「찬기파랑가」는 기파랑(耆婆郞)이라는 이름을 지닌 화랑 우두머리의 고결한 인격과 기상을 노래한 작품이다. 고종석의 소설 역시 '기 파랑'이라는 인물을 찬양하는 내용이지만, 이 기 파랑이 그 기파랑인 것은 아니다. 그렇다면 '기파랑'이라는 이름을 지닌 또 다른 화랑? 이런 추측 역시 여지없이 배반한다는 데에 고

종석 소설의 묘미가 있다. 여기서 찬양의 대상이 되는 기 파랑은 뜻밖에
도 프랑스 국적의 언어학자다. 소설에서는 '기 파랑' 식으로 '기'와 '파
랑' 사이가 떨어져 있다. 그러니까 여기서의 '기'는 '기 드 모파상'이나
'기 라로슈' 같은 프랑스 사람들의 퍼스트 네임으로서의 '기'이며 '파
랑'은 그의 패밀리 네임, 즉 성(姓)인 것이다(기 파랑을 알파벳으로 표기한다
면 'Guy Parent' 정도가 될 것이다).

"기 파랑이 죽었다."라는 문장으로 시작되는 소설은 길게 씌어진 부음
기사(obituary)라 할 법하다. 1901년생인 기 파랑이 1997년 새해 벽두에
숨을 거두었다는 『르 몽드』의 기사를 접한 서술자가 자신의 관점에서 기
파랑의 생애를 재구성해 들려주는 형식을 취한다. "기 파랑의 죽음은 예
외적으로 품이 널렀던 어떤 육체와 정신의 소멸을 뜻할 뿐만 아니라 그
정신과 육체를 품었던 한 세기의 종말을 뜻하기도 한다."라는 것이 서술
자의 판단이다.

『르 몽드』에 기사가 실렸다고는 하지만 기 파랑은 실존 인물이 아니라
순전히 작가가 창안해낸 인물이다(「찬 기 파랑」이 허구의 장르인 소설이라는
사실을 다시금 상기하자. 신라 화랑의 이름에서 프랑스 사람의 이름을 연상해낸 작
가의 상상력이 기발하지 않은가). 그는 역사비교언어학을 전공한 언어학자
로서 로만어와 중세 프랑스어, 동아시아어 등에 관한 연구서를 남긴 사
람이다. 그러나 한국어 사용자로 짐작되는 이 소설의 화자로 하여금 프
랑스 학자 기 파랑에 관해 이렇듯 정성 들인 오비추어리를 작성하도록
만든 까닭은 따로 있었다. "언어학자 기 파랑은 한국어에 관한 아주 중
요한 책을 남겼고, 문필가 기 파랑은 그의 한국 체류기를 일부로 포함하

는 에세이를 남겼다. (……) 그는 개항 이래 조선을 가장 잘 이해하고 가장 사랑한 서양인 가운데 한 사람이었다."

그런 인물이 있었단 말인가, 라고 의아해하거나 궁금해하지는 말기 바란다. 다시 강조하거니와, 기 파랑은 허구의 인물이니까. 「찬 기 파랑」의 놀라운 점은 이 가상 인물의 이력과 업적, 그리고 한국〔조선〕과의 관련성을 썩 그럴듯하게 꾸몄다는 데에 있다. 그 과정에서, 그 자신 대학원에서 언어학을 전공한 작가의 내공이 보란 듯이 발휘되었음은 물론이다 (비록 제목에는 한자를 사용했지만 이 소설에서 작가가 한자와 알파벳은 물론 아라비아 숫자도 배제한 채 한글 표기만 오로지하고 있는 것 역시 그의 언어학적 내공과 무관하지 않아 보인다).

공지영
무소의 뿔처럼 혼자서 가라

(1993)

"소리에 놀라지 않는 사자처럼/ 그물에 걸리지 않는 바람처럼/ 진흙에 더럽히지 않는 연꽃처럼/ 무소의 뿔처럼 혼자서 가라"

공지영의 두 번째 장편이자 그를 일약 베스트셀러 작가로 만든 출세작 『무소의 뿔처럼 혼자서 가라』(1993)의 제목은 불교 초기 경전 『숫타니파타』에서 따왔다. 무릇 지혜로운 수도자는 남에게 의존하지 않고 제 힘으로, 흔들림 없이 나아갈 수 있어야 한다는 취지의 이 구절은 불교 신자들 사이에서는 퍽 잘 알려져 있다. 소설 속에서 이 구절은 자살한 단짝 친구 영선의 장례식이 끝난 뒤 절 경내를 거닐던 주인공 혜완이 대웅전 기둥에서 발견하고서 눈물짓는 것으로 그려진다. 이 구절은 어떻게 소설 제목이 되었을까.

"이 작품을 쓰던 당시 불경을 많이 읽었다. 80년대에 대학을 다니면서는 대체로 한 가지 색깔의 책들만 읽은 셈이었는데, 세상사란 게 그것만으로는 해독이 안 되는 부분이 많더라. 20대 때는 다 알았다고 생각했던 것들이 30대가 되니까 오히려 모르겠는 사태가 기막혔다. 답을 찾기 위해 여러 분야의 책들을 뒤적였고 그러다 보니 불경까지 가게 된 것이었다. 그러던 중 이 구절을 발견하고 깜짝 놀랐는데, 알고 보니 유명한 구절이더라. 내 소설의 주인공들처럼 홀로 서지 못해 고통 받는 사람들에 빗대서 쓰면 좋겠다고 생각해서 제목으로 삼았다."

초대형 베스트셀러가 되면서 영화와 연극으로도 각색되었으며 공지영을 페미니즘의 대표 작가로 만든 이 소설 제목이 그러나 처음부터 환영을 받았던 것은 아니다.

"그땐 내가 아직 무명 작가였던 시절이었는데, 출판사에서는 그 제목으로는 도저히 안 된다며 난색을 표하더라. 사실 나는 제목을 먼저 정해 놓지 않으면 소설을 쓰지 못하는 스타일이라 이 제목에 대해 애착이 많았다. 소설을 쓰는 데 강력한 모티브가 된 제목인데다 소설 내용과도 긴밀하게 관련되는 터라 나 역시 양보할 수가 없었다. 결국 내 고집이 출판사의 고집을 꺾었다."

김승옥
서울의 달빛 0장
(1977)

'감수성의 혁명'이라는 찬사를 들으며 60년대 문학을 풍미했던 김승옥은 70년대 이후 문학에서 멀어진 채 영화 각본 쓰기에 주력했다. 1972년에 창간된 월간지 『문학사상』의 주간을 맡고 있던 평론가 이어령은 그런 김승옥을 다시 문학으로 데려오고자 숱한 노력을 기울였다. 당시로서는 최고급 호텔이었던 서린호텔에 방을 잡아놓고, 돈 걱정은 말고 소설 한 편을 완성한 뒤에 나오라는 호의를 베풀기도 했다. 그러나 글은 써지지 않는데 시간은 야금야금 흘러가자 "마치 모자라는 돈으로 택시를 탔을 때처럼 미터 요금이 오를 때마다 가슴이 내려앉듯 그 비싼 호텔비가 하루하루 올라가는 것에 나는 신경쇠약이 되고 말았다." 결국 원고지 한 장도 메우지 못한 채 몰래 호텔을 탈출해야만 했다.

1977년에 이어령은 한층 강력한 방법을 동원한다. 장충단공원 근처 파크호텔에 방 둘을 잡아 놓고, 다시 김승옥을 부른 것이다. 김승옥이 원고를 쓰는 옆방에는 당시 『문학사상』 편집부장이던 소설가 서영은과 편집부 기자가 원고를 정리한다는 명분으로 함께 투숙했다. 도망가지 못하도록 감시하려는 것이었다.

그렇게 우여곡절을 겪으면서 탄생한 소설이 「서울의 달빛 0장」이다. 그런데 여기에는 제목에 얽힌 또 다른 흥미로운 사연이 있다. 본래 김승옥은 '서울의 달빛'이라는 장편을 구상하고서 그 프롤로그 격으로 원고지 150장 분량의 원고를 써서 넘긴 것이었다. 그런데 이어령이 "김승옥이한테서 다음 제1장의 원고를 받을 수 있다고 기대한다는 건 어리석은 것이다. 이 0장만으로도 단편소설의 완성도를 지니고 있으니……"라며 본문의 장 제목이었던 '0장'을 아예 소설 자체의 제목에 포함시킨 것이다. 이어령의 '예언'은 정확히 들어맞아서 0장 다음의 1장은 지금까지도 씌어지지 않고 있다.

「서울의 달빛 0장」은 60년대 독자를 사로잡았던 김승옥 특유의 감수성 넘치는 소설들과는 전혀 다른 분위기를 풍긴다. 소설은 미모의 탤런트 한영숙과 결혼했던 '나'가 8개월 만에 이혼하게 된 사연을 다룬다. 알고 보니 처녀가 아니었고 인공유산 경험도 여러 번 있었으며 자신에게 성병까지 옮긴 데다, 결정적으로는 친구들과 같이 간 술집에 호스티스로 나온 아내였다. 가난한 집안을 건사하느라 몸을 판다지만, 주인공은 용납할 수가 없다. "썩은 냄새. 썩은 음부. 아내의 사타구니에서 풍겨오던 부패 그 자체"에 환멸을 느낀 그는 "3개월 동안 60명 이상의 여자와 관계"하는 것으로 복수를 삼는다. 흥미로운 것은 이 소설 내용이 당시 소문으로 나돌던 어느 여성 연기자의 이야기를 바탕으로 삼은 것이라는 사실이다.

작가는 이야기의 황폐함을 그에 어울리는 거친 문장으로 실어 나른다. 그 자신 "광포한 문체"라 표현한 이 소설의 거친 문장을 두고 작가는 "월남전 파병, 유신체제 발동, 경제성장, 급격한 거대도시화 등으로 전통적인 규범이 와르르 무너져 내려버리던 70년대의 도덕적 붕괴 참상을 언어로 포착하기 위해서는 나로서는 그러한 문체를 사용할 수밖에 없었다."라고 밝힌 바 있다.

풍속과 도덕의 한밤중을 다룬 이 소설은 새롭게 제정된 이상문학상의 제1회 수상작으로 선정되며 문학사의 한 페이지를 장식했지만, 그것이 작가를 충분히 격려하지는 못했던가 보았다. 1979년에 발표한 단편 「우리들의 낮은 울타리」가 그의 마지막 작품이 되었다. 1980년 『동아일보』에 '먼지의 방'이라는 제목으로 장편 연재를 시작했지만 그해 5월 광주항쟁에 대한 군의 유혈 진압에 충격을 받고 15회 만에 자진 중단하고 절필했다. 이듬해 4월에 "하느님의 손을 보고 하느님의 음성을 듣는" 종교적 계시를 체험한 뒤에는 신앙 생활에 몰두해 오고 있다. 설상가상으로 2003년에는 뇌경색으로 쓰러졌고, 다시 일어나긴 했지만 언어 능력에 심각한 손상을 입었다. 언어의 마술사로 불렸던 한 천재 작가의 얄궂은 운명이라 하지 않을 수 없다.

김연수
이등박문을, 쏘지 못하다
(2004)

『나는 유령작가입니다』에 수록된 작품 제목들은 하나같이 무언가 사무치거나 절박한 사연을 지니고 있어 보인다. 「쉽게 끝나지 않을 것 같은, 농담」, 「그건 새였을까, 네즈미」, 「다시 한 달을 가서 설산을 넘으면」,

「연애인 것을 깨닫자마자」, 「이렇게 한낮 속에 서 있다」와 같은 작품들은 제목만으로도 많은 것을 상상하게 만든다. 소설을 쓰기 전에 시로써 문학을 시작했던 작가다운 언어감각이라 하겠다. 「이등박문을, 쏘지 못하다」 역시 마찬가지다. 소설은 언어장애를 지닌 노총각 동생을 젊은 조선족 여자와 결혼시키고자 하얼빈으로 온 성재를 주인공 삼는다. 성재가 동생 성수와 함께 하얼빈 시내를 관광 삼아 둘러보고 맞선 상대자를 만나는 이야기가 주를 이루는 가운데, 게스트하우스에서 만난 한 은퇴 교수한테서 들은 안중근과 우덕순의 엇갈린 운명에 관한 이야기가 양념처럼 끼어든다.

알다시피 안중근과 우덕순은 함께 이토 히로부미를 암살하기로 모의하고 안중근은 하얼빈에서 우덕순은 채가구에서 기회를 기다린다. 결국 '역사의 우연'에 따라 기회는 안중근에게 돌아간다. "만약에 우덕순이 이토를 죽였다면 (역사에 남은) 그 이름은 아마도 우덕순이 됐을 것"이며 "그렇다면 안중근이 이토 히로부미를 저격한 일은 우연 중의 우연이 아닌가." 하는 것이 노 교수의 말을 듣고 난 뒤 성재의 머리에 떠오른 생각이다. 그러니까 '이등박문을, 쏘지 못하다'라는 제목에서 '쏘지 못하'는 주체는 안중근을 대신해서 민족사의 영웅이 됐을 수도 있었던 우덕순인 것이다.

이 제목이 북한 소설 『안중근, 이등박문을 쏘다』를 겨냥한 것임은 분명하다. 『안중근, 이등박문을 쏘다』는 1928년 김일성이 직접 창작해 공연했다는 연극이자 나중에 영화로 만들어지기도 한 작품을 소설로 각색한 것이다. 1909년 하얼빈 역에서 이토 히로부미를 저격한 거사를 중심

으로 안중근의 애국적 생애를 그린다. 김연수는『안중근, 이등박문을 쏘
다』류의 애국주의적 영웅서사에 회의적인 시선을 견지한 채, 역사의 우
연과 불확실성을 강조하고자 이런 제목을 단 것이다. 낮의 존재가 아닌
밤의 존재, 이야기의 진짜 주인공이 아닌 '가짜'이자 대리인을 내세운
소설집의 제목 역시 이런 세계관과 연결되어 있다.

✧

김연수
나는 유령작가입니다
(2005)

　시집과 소설집의 제목을 정하는 데에는 관행적인 약속이 있다. 해당
시집과 소설집에 수록된 작품의 제목이나 본문 일부를 책 전체의 제목
으로 쓴다는 것이다. 김연수의 소설집『나는 유령작가입니다』는 그런 암
묵적인 약속을 무시한 책이다. 이 소설집에 수록된 중단편 아홉 중에는
'유령작가'가 들어가는 제목이 없다. 그렇다면 이 제목은 어디서 온 것
일까.

　'유령작가'란 대필작가를 가리키는 영어 'ghostwriter'를 우리말로
옮긴 것이다. 그러니까 작가는 자기 자신을 역사 속 유·무명 인물들의
이야기를 대신 전하는 일종의 대필작가로 규정한 것이다. 책 뒤에 실린
'작가의 말'에서 그런 취지를 엿볼 수 있다.

　"이 책에서 '나'는 너무 많은 거짓말을 늘어놓았다. (……) 이 책의 제

목을 빌리자면, '나'는 유령작가가 됐다. 더 많은 이야기. 이제 내게는 더 많은 이야기가 필요하다."

김주영
고기잡이는 갈대를 꺾지 않는다
(1988)

김주영의 자전적 성장소설 『고기잡이는 갈대를 꺾지 않는다』는 한때 『거울 속 여행』으로 제목이 바뀌어서 유통되기도 했다. 이 장편소설은 모두 네 개의 장으로 이루어져 있으며 각 장의 제목은 다음과 같다: 거울 위의 여행, 땟국, 괘종시계, 고기잡이는 갈대를 꺾지 않는다. 이 소설이 취한 두 개의 제목이 각각 제1장과 4장에서 온 것임을 알 수 있다. 제1장의 제목이자 한동안 이 소설 전체의 제목으로(변형된 채로이기는 해도) 쓰이기도 한 '거울 위의 여행'은 소설 속에서 분명한 근거를 지니고 있다. 소설의 두 주인공인 '나'와 아우가 홀어머니와 함께 사는 집 건너편에 이발관이 들어서면서 형제는 그곳 거울에 매혹된다. 왼쪽과 오른쪽을 뒤바꾸어 비추는 데다 한 동작에서 다른 동작으로 제아무리 순식간에 바꾸어도 그 바뀐 동작을 순발력 있게 적발해내는 거울의 마력에 빠져든 것이다. 거울과 그 거울 위에 걸려 있던 수채화는 주인공 소년에게는 자신이 몸담고 있는 현실이 아닌 꿈과 환상의 세계를 상징한다.

반면, '고기잡이는 갈대를 꺾지 않는다'라는 제목은 얼핏 요령부득이

다. 강이나 바다에서는 멀찍이 떨어진 시골 소읍을 무대로 삼은 이 소설
에는 고기잡이는 물론 갈대도 전혀 등장하지 않기 때문이다. 독자들은
강마을이나 바닷가의 어부가 등장할 것이라 예상하면서 책을 집어 드는
가 하면, 책을 다 읽고나서도 제목이 도대체 무슨 뜻인지 풀리지 않는 의
문에 고개를 갸웃거리기도 한다. 작가는 어떤 생각에서 이런 제목을 붙
인 것일까. 직접 들어보았다.

"세상이라는 게 좋은 것도 있고 나쁜 것도 있지 않나. 바람직한 것과
바람직하지 않은 게 혼재돼 있는 게 세상이다. 꼭 좋은 것만 있는 것도
좋지 않고, 나쁜 것만 있는 것도 물론 좋지 않다. 그런 뜻을 제목에 넣고
자 한 것이다."

글쎄, 조금 더 친절하게 설명해 주시면 안 될까요?

"갈대 사이에 숨은 물고기를 잡으려는 어부를 생각해보자. 어부로서
는 고기를 손쉽게 잡기 위해서는 갈대가 없는 게 좋지 않겠는가. 그렇다
고 해서 갈대를 다 꺾어버린다면 어떻게 될까? 애초에 물고기가 모여들
지 않을 것이다. 갈대는 당장에 물고기를 잡는 데에는 방해가 되는 듯해
도 애초 물고기가 꼬이게 해서 어부의 생업을 가능하게 한 존재가 아니
겠는가. 세상일이란 게 대체로 그렇다, 그래야 한다는 뜻이다."

작가의 설명을 듣고 나서도 그 설명을 소설 내용과 연결시키기는 생
각처럼 쉽지 않다. 시골 소년의 성장을 그린 이 소설은 하나의 핵심적인
사건이나 주제를 중심으로 짜여 있지는 않다. 이발관의 거울과 거울 위
쪽의 수채화, 술도가를 지키는 '삼손' 장석도, 남의 집에서 아우 또래의
아이를 업고 있던 어머니, 느닷없이 마을에 들이닥친 미군들에게 얻어

먹은 이상한 과자(껌), 교실 마룻바닥에 뚫린 구멍과 그 아래의 또 다른 세상, 그곳에서 엿들은 여선생님의 울음, 그 여선생님이 이발소 주인에게 몰래 전해 주라며 쥐여준 쪽지, 빨갱이란 명목으로 잡혀간 이발소 주인, 술도가 주인을 들어 올려 메다꽂은 다음 어머니에게 하직 인사를 하고 마을을 떠나버린 장석도……. 이런 크고 작은 삽화들을 통해 소설은 '성장이란 무엇인가'에 대한 간접적인 답을 들려주려는 듯하다. 그 답은 무엇일까. 상징성이 강한 소설 제목에서 유추해보자면, '성장이란 빛과 그늘, 선과 악, 순수와 타락이 어우러져 빚어내는 오묘한 화학작용'이라는 게 아닐까.

⌒

김형경
단종은 키가 작다
(1991)

1991년에 낸 김형경의 첫 소설집 『단종은 키가 작다』의 표제작은 영월 단종제를 배경으로 삼는다. 뜻 맞는 친구들과 함께 겨레문화연구소라는 단체를 결성해 활동하던 주인공 '나'가 각 지방의 전래 민속놀이를 정리해서 출판하자는 제안을 받고 영월의 단종제를 취재하는 과정을 그린다. 그런데 "억울한 죽음을 위로하고 그 넋을 달래기 위한 제례가 오늘날, 화합과 화해의 한마당 축제로 변한 것"이 주인공에게는 당혹스럽게 다가온다. 열일곱 살에 죽은 단종의, 예상보다 훨씬 작은 봉분이 거창하고 화려하며 들썩이는 분위기의 단종제와 대비되고, 그런 대비는 그로 하여금 프로크루스테스의 침대 이야기를 떠올리게 한다. 제가 만든 침대 길이보다 긴 사람은 다리를 잘라내고 짧은 사람은 몸을 늘여서 죽였다는 신화 속 괴물 이야기 말이다. 여기에다가 수상쩍은 자들이 겨레문화연구소 사무실을 수색한 뒤 연구소를 엄습한 암울한 분위기까지 더해져 소설은 개인과 집단의 관계에 대한 사유로 나아간다.

"개인은 어떻게 사회에 적응하고, 사회는 개인을 어떻게 조직에 맞게 길들이는가 하는 게 당시 내 화두였다. 그 화두에 딱 들어맞는 게 프로크루스테스의 침대 이야기였다. 단종은 말하자면 프로크루스테스의 침대라는 조직의 생리에 맞지 않는 인물이 아니었을까 하는 생각을 했다. 단종제를 취재하는 주인공과 그의 동료들도 마찬가지였고. 전체적으로 소설집 『단종은 키가 작다』에 수록된 작품들은 20대에 내가 세상에 대해 품었던 의문에 대한 답을 찾아가는 과정에서 알게 된 것들을 주제로 삼은 것이었다."

꿀

김형경

새들은 제 이름을 부르며 운다

(1993)

지금이야 문학상 상금 1억 원이 드물지 않게 되었다지만, 1993년 당시만 해도 1억 원을 내건 국민일보문학상의 출현은 일종의 사건이었다.

문단 안팎의 지대한 관심이 쏠린 가운데 시인 출신 소설가 김형경의 『새들은 제 이름을 부르며 운다』가 수상의 영예를 안았다. 1980년대에서 1990년대로 넘어오는 시기를 배경으로, 대학에서 민중미술 운동을 함께 했던 네 젊은이의 방황과 모색을 그린 소설이었다. 역시 민중미술 운동의 동료였던 최민화가 노동현장에서 치열하게 투쟁하다가 자살한 일을 계기로 다시 만난 네 젊은이 민형조, 진은혜, 구운형, 김시현이 차례로 주인공이 되어 자신의 이야기를 들려주는 형식을 취했다. 그런데 이 독특한 제목은 무슨 뜻이고 어떻게 붙여졌을까. 소설 속에서 한 등장인물은 이렇게 말한다.

"새들이 울 때 제 이름을 부르면서 운다는 거 알어? 딱따구리는 딱따구르르 하고 부엉이는 부엉부엉 하고 까마귀도 소쩍새도 다 그래. 제 이름을 부르면서 울지. 그 생각을 하면, 세상에서 제일 슬프게 우는 동물은 새인 것 같아."

그래서, 이 말이 소설의 주제와는 어떻게 연결된다는 것일까.

"개성과 색깔이 다른 젊은 친구들이 세상에 대응하는 서로 다른 방식에 대해 이야기해 보려 했다. 제목을 확정하지 못한 채로 소설을 쓰고 있었는데, 어느 날 뒷산을 산책하던 중 새들의 울음소리를 듣게 되었다. 그 순간, '아, 맞아! 바로 이거야!' 하는 생각이 들더라. 새들이 제 이름과 비슷한 서로 다른 울음소리를 내는 것처럼, 동일한 상황과 시대를 겪으면서도 저마다 다른 자기 나름의 시각과 내면의 목소리를 지닌 이들의 이야기에 맞춤하다고 생각했다. 나는 소설을 쓰는 동안 제목에 대해 계속 고민하고 궁리하는 편인데, 이 제목을 떠올린 뒤에는 더 이상 다른 제목을 찾아보려 하지 않았다."

∽

김형경
피리새는 피리가 없다
(1998)

김형경이 신문 연재를 거쳐 1998년에 출간한 장편 『피리새는 피리가 없다』는 대중음악계를 소재로 삼은 이채로운 소설이다. 작가의 출세작이라 할 『새들은 제 이름을 부르며 운다』가 일종의 80년대 운동권 후일담이었다면, 이념이 퇴색하고 대중문화가 만개한 90년대 중후반에 나온 이 소설은 연예산업의 화려한 외양 뒤에 감추어진 그늘을 조감한다. 가요제에서 만난 이들과 언더그라운드 밴드를 결성해 나이트클럽 등을 전전하며 노래하던 영숙이 기획사를 통해 솔로 가수로 데뷔해 성공을 거두지만 연예계의 현실에 환멸을 느끼고 거기서 뛰쳐나온다는 이야기를 담고 있다. 『새들은 제 이름을 부르며 운다』에 이어 또다시 새를 등장시킨 이 소설의 제목 역시 독특하기는 마찬가지다. 어떤 뜻을 담은 것일까.

"대중음악계를 배경으로, 겉으로 보이는 것과 본모습 사이의 차이를 말하고자 한 소설이었다. 세상에는 이런 게 매우 많지 않나. 『새들은 제 이름을 부르며 운다』와 『피리새는 피리가 없다』는 30대 초중반에 내가 세상에 대해 궁금했던 것을 소설로 써본 것이다. 이 작품 역시 쓰면서 여러 제목을 놓고 궁리하던 중, 어느 순간 이 제목이 떠올랐다. 피리새라는

이름만 보면 피리가 있을 것 같은데 실제로는 이름만 그럴 뿐 정작 피리
는 없다는 것. 이름과 실질, 현상과 본질의 괴리를 그 제목에 담고 싶었
다. 연예계의 실상이 그렇다고 본 것이다. 나중에 친구들이 '붕어빵에는
붕어가 없다' 는 말이냐며 놀리더라. 제목을 정하고 신문 연재를 거쳐 책
이 나올 때까지도 그 생각은 하지 못했다. (웃음)"

김 훈
칼의 노래

(2001)

충무공 이순신의 『난중일기』에서 영감을 얻어 쓴 이 소설의 제목으로
작가가 애초에 생각한 것은 '광화문 그 사내' 였다. 말할 나위도 없이 광
화문 네거리에 버티고 선 충무공의 동상을 염두에 둔 작명이었다. 이 제
목을 생각했을 때 주현미의 노래「신사동 그 사람」이 떠오르기도 했노라
고 김훈은 밝혔다. 출판사 쪽에서 그 제목이 너무 장난스럽다고 난색을
표하자 작가가 다음으로 제시한 것은 '칼과 길' 이었다. 소설의 주제에는
잘 들어맞는 제목이었지만, 너무 심각하고 무겁다는 이유로 탈락했다.
결국 좀 더 가볍고 대중적인 제목으로 낙착을 본 것이 편집자가 제안한
'칼의 노래' 였다.

가야금의 창시자 우륵을 다룬 김훈의 다음 소설에 작가가 따로 제목
을 달아 오지는 않았지만 "당연히 『현의 노래』로 정해졌다"고 출판사 생

각의나무의 박광성 대표는 밝혔다. "한 사람은 전쟁에 임한 장군이었고 다른 한 사람은 악기를 다루는 예인이었지만 오갈 데 없이 붕 떠 있다는 실존적 처지에서는 비슷했으며, 그런 점에서 같은 '노래' 시리즈의 제목으로 가는 게 자연스러웠다."

『칼의 노래』(2001)를 『현의 노래』(2004)가 이으면서 '노래' 시리즈에 대한 기대감이 높아졌다. 아닌 게 아니라 작가는 안중근을 주인공 삼은 소설을 쓰기 위해 오랫동안 자료를 수집했으며 '총의 노래'라는 제목까지도 생각해 두었다. 그러나 안중근 서거 100주년인 2010년에 동갑내기 작가 이문열이 안중근의 생애를 다룬 소설 『불멸』을 펴내자 일단 계획을 접었다.

～

명지현
이로니, 이디시

(2008)

명지현의 첫 소설집 『이로니, 이디시』(2010)의 표제작인 단편 「이로니, 이디시」는 옆구리가 붙은 쌍둥이 자매의 이야기다. 때는 일제강점기인 1930년대 말. 아시아에서는 중일전쟁이 터진 뒤였고 유럽에서는 제2차 세계대전의 전운이 감돌기 시작하던 무렵이다. 소설은 하녀 '고만이'의 시점과 목소리로 진행된다. 해주의 이씨 집안 소생이었으나 기형인 신체 때문에 버려진 채로 발견된 자매는 여러 집을 전전한 끝에 지금의 집에 맡겨졌다. 고만이가 있는 교동 사모님 댁이다.

뜻 없는 노래 후렴구 같기도 하고 무슨 주문 같기도 한 제목은 독일인 양부모가 두 자매에게 붙여준 이름이다(둘은 그 이름의 조선어 음차인 이동희, 이덕신으로 불리기도 한다). 독일어로 '이로니(irony)'는 영어의 '아이러니(irony)'에 해당한다. '이디시(Yiddish)'는 독일을 비롯한 중·동부 유럽 유대인들이 사용하는 언어를 가리킨다. 소설 속에서 책 읽기를 좋아하는 쌍둥이 자매는 자신들의 이름에 대해 자못 현학적인 해석을 직접 제시한다. "이름은 약속이고 신호이고 가면이며, 농담이고, 은유면서, 거울이지. 그리고 존재의 이로니야. 이로니." 둘 가운데 몸집이 조금 더 크다 해서 큰아씨로 불리는 이로니가 자신의 존재와 이름을 해설(?)하는 말이다. 둘이면서 하나이고 하나이면서 둘이기도 한 쌍둥이 자매의 처지에 딱 들어맞는 이름이라 하겠다. 그런가 하면 작은아씨 이디시는 남들이 해독하지 못하는 이디시어로 "남의 험담이나 신세한탄을 글로 적어 마음을 정화하는 비법"을 양어머니한테서 배워 실천하곤 한다. 작은아씨는 화자인 고만이에게도 연필과 잡지를 내주며 글쓰기를 권장한다. 이런 말과 함께: "너도 글을 적어봐. 속상하다고 아궁이 앞에서 눈물 짤짤 흘리지 말고 속 시원하게 종이에 써보라고. 마음에 들지 않는 게 있으면 다 풀어내. 어찌 보면 세상에 있는 모든 책은 다 이디시란다. 분해서 써내려간 것이지. 이렇게 쓰는 건 속을 풀어내는 굿 같은 거란다."

이쯤 되면 쌍둥이 자매의 이름이자 소설 제목인 '이로니, 이디시'는 존재의 아이러니와 글쓰기의 감춰진 본질을 포착한 상징어가 된다. 6·25 동란을 겪은 뒤로 시간을 건너뛴 소설 말미에서 고만이는 옆구리의 쌍둥이 자매를 떼어내고 혼자가 된 '한 명의 아씨'와 마주친다. 글을 쓴다는 이 아씨는 왕년의 하녀 고만이의 알은체에 대꾸를 않은 채 뒤뚱거리며 멀어져 가고, 그런 아씨를 가리켜 점을 치는 고만이 어머니는 이렇게 말한다. "귀신이 옆구리에 딱 붙은 걸 그 여자도 알 거다. 죽은 걸 붙이고 다니니 걸음새가 그 모양이지. 글이란 게 다 귀신 목소리 아니가. 귀신이 옆에서 술술 불러주는 대로 글을 쓰고 있을 거라."

어쩐지 으스스해지면서, '이로니, 이디시'가 마법의 주문 같다는 애초의 느낌이 터무니없는 것만은 아니었다는 생각도 들지 않겠는가.

⌒

박상륭
칠조어론 1~4

(1990~4)

한국 작가 중에서 가장 난해하고 가장 개성 넘치는 작가로 박상륭을 드는 데에 토를 달 이는 많지 않을 것이다. 그러다 보니 그에 대한 호오는 극명하게 갈리는데, 박상륭의 소설을 좋아하는 이들은 그를 한국은 물론 전 세계적으로도 최고 수준의 작가로 꼽기를 주저하지 않는가 하면, 그와는 정반대로 그의 소설은 문학이 아니라 신화나 종교 서적으로 분류해야 한다는 주장도 없지 않다. 그런 판단을 하기 전에 보통의 독자들은 그의 책들을 읽어내는 것 자체를 버거워하기 십상이다.

『칠조어론(七祖語論)』은 그의 대표작으로 꼽히는 『죽음의 한 연구』

(1975)의 촛불중이 육조로 맥이 끊긴 선가(禪家)의 제7조가 되어 펼치는 설법을 담고 있다. 서쪽에서 온 사람 달마를 제1조로 삼아 시작된 중국 선맥(禪脈)이 혜가, 승찬, 도신, 홍인을 거쳐 6조 혜능에서 멈췄음은 주지의 사실이다. 박상륭은 혜능에서 끊어진 선맥을 촛불중으로 하여금 잇도록 한 것이다.

『죽음의 한 연구』는 그럭저럭 읽고 이해하는 독자들도 『칠조어론』에 오면 그 난해함에 두 손 두 발 다 들고는 한다. 그럼에도 문단 일각을 중심으로 박상륭 소설의 '광팬' 들이 없지 않은데, 그들이 사석에서 박상륭을 '칠조어른' 으로 불러 버릇하는 것은 재미지다. 칠조 촛불중을 창조해 낸 이가 다름 아닌 박상륭이니 그를 칠조라 일컬어서 크게 어폐가 없다는 판단일 것이다.

⟨⟩

박상우
샤갈의 마을에 내리는 눈
(1990)

「샤갈의 마을에 내리는 눈」은 1990년 1월 21일에 내린 폭설을 배경으로 씌어진 소설이다. 시내에서 술을 마신 박상우는 눈 때문에 차량 통행이 끊긴 길을 몇 시간을 걸어 상도동 집까지 갔다. 가는 동안 그의 머리에 이 소설의 구상이 떠올랐다. 술이 완전히 깬 상태로 집에 도착한 그는 16절지 15장 분량의 원고를 그야말로 일필휘지로 써내려갔다. 그리고 그것을 책상 서랍 가장 아래쪽에 넣어 두고 잠에 곯아떨어졌다.

그로부터 너댓 달 정도 지난 뒤 『문학사상』에서 청탁을 받은 그는 그 원고를 꺼내 작품으로 다듬기 시작했다. '샤갈의 마을에 내리는 눈'이라는 제목은 그 과정에서 자연스럽게 붙여졌다. 문제는 원고를 들고 잡지사를 찾아갔을 때 발생했다. 당시 그곳 편집부에서 일하던 소설가 함정임에게 원고를 보이자 함정임이 "이건 김춘수 선생님의 시 제목과 똑같네요?"라고 말하는 것 아닌가.

"그 순간의 낭패감이라니! 난 그때까지도 김춘수 선생의 시 중에 그런 제목이 있는 줄 까맣게 모르고 있었고, 다만 내가 폭설과 샤갈을 연결해 '샤갈의 마을에 내리는 눈'이라는 제목을 독창적으로 지었다고 대단히 만족하고 있었기 때문이었다."

결국 소설 앞머리에 김춘수 시 「샤갈의 마을에 내리는 눈」을 제사(題詞) 격으로 인용하는 식으로 사태(?)를 마무리할 수밖에 없었다.

"아무려나 동기는 다르겠지만, 샤갈의 그림에 실제로 '눈 내리는 마을'이라는 제목이 없음에도 불구하고 그렇게 똑같은 작품 제목이 탄생했다는 건 지금 생각해 봐도 신기한 일이라는 생각이 든다."

김춘수의 시에 영감을 준 마르크 샤갈의 그림은 「나와 마을」인 것으로 알려져 있다. "샤갈의 마을에는 삼월에 눈이 온다"로 시작되어 "삼월에 눈이 오면/ 샤갈의 마을의 쥐똥만한 겨울 열매들은/ 다시 올리브빛으로 물이 들고/ 밤에 아낙들은/ 그해의 제일 아름다운 불을/ 아궁이에 지핀다"로 끝나는 이 시는 샤갈의 그림에서 풍기는 몽환적 아름다움과 낭만적 동경을 회화적 이미지로 형상화한, 그야말로 김춘수적인 작품이라

할 수 있다.

　박상우의 소설은 작가 자신의 경험을 살려 ‘21년 만의 폭설’이 내리는 밤의 술꾼들을 등장시킨다. 이 소설에서 몇 군데 카페를 순례하며 술을 마시던 인물들 중 최후까지 남은 두 사람은 막연히 안면이 있는 여성을 좇아 그 여성이 그림을 그리는 지하 작업실로 옮겨 간다. 샤갈의 그림 액자들이 잔뜩 걸려 있는 그 방이 말하자면 ‘샤갈의 마을’이다. “그가 보고 싶어요. 누가 그에게 전화를 걸어 줄 수 없나요? 내가 그를 기다린다고…… 샤갈의 눈 내리는 마을에서 아직도 그를 기다리고 있다고……” 술에 취한 여자가 주정하듯 중얼거린 이 말에서 소설의 제목이 온 셈이다.

　박상우가 소설을 쓸 때 김춘수의 시에 대해 모르고 있었다는 말은 당연히 사실일 것이다. 그렇지만 그가, 스스로는 의식하지 못해도, 김춘수 시의 제목을 들어보았을 가능성은 여전히 남아 있다. 1969년에 발표된 김춘수의 시를 문학도이자 시인 지망생이었던 박상우가 어떤 식으로든 접했을 수 있겠기 때문이다. 스치듯 지나쳤지만 잠재의식 속에 가라앉아 있던 제목이 어떤 계기를 만나서 문득 의식의 수면 위로 떠올랐을 수 있다는 것이다.

박영한
왕룽일가
(1987)

박영한의 ‘왕룽일가’ 연작소설은 서울 근교의 도농접경지대를 배경으로 삼는다. “서울시청 건너편 ‘삼성’ 본관 앞에서 999번 입석을 타고 신촌, 수색을 거쳐 50분쯤 달려와 낭곡 종점에 내〔려〕”(「왕룽일가」) 걸어가게 되는 ‘우묵배미’라는 마을이 소설의 배경이다. “마을 이름이 암시하듯 바깥 풍속과는 뚝 떨어져 텃세가 세고 전통적으로 완고한”(「왕룽일가」) 마을 우묵배미를 배경으로 삼은 연작은 소설집 『왕룽일가』(1988)에 묶인 중편 셋과 『우묵배미의 사랑』(1989)에 묶인 중편 셋 해서 모두 여섯 편이다. 이 소설들은 「왕룽일가」라는 제목의 텔레비전 드라마로 제작되었고, 「우묵배미의 사랑」이라는 영화로도 만들어져 큰 인기를 끌었다.

여섯 연작은 매 편 초점이 되는 인물과 사건이 다른 독립적인 이야기들을 다루지만, 작가 자신을 모델로 삼은 ‘나리 아빠’가 등장해서 인물과 사건들을 관찰하고 전달한다는 점에서 하나의 틀로 꿰인다. 첫 번째 연작소설집의 표제작이기도 한 「왕룽일가」의 주인공 ‘왕룽’은 나리 아빠가 처음 우묵배미에 들어갔을 때 세든 집 주인 필용 씨에게 그가 붙인 별칭으로, 펄 벅의 소설 『대지』의 주인공 이름에서 따왔다. 『대지』의 왕룽은 가난한 농부 출신이었으나 근면과 검약으로 재산을 일구어 지주가 된 입지전적 인물이다. 「왕룽일가」의 화자인 나리 아빠는 자신이 필용 씨를 왕룽으로 칭하게 된 까닭을 소설 속에서 이렇게 설명한다.

"내가 그를 펄 벅의 주인공 왕룽에다 비기는 것은 그럴 만한 까닭이 있다. 첫째는 펄 벅의 책을 손에 쥐게 되는 순간부터 묘사되기 시작하는 왕룽의 땅에 대한 사랑과 근면성이 필용 씨의 그것과 아주 흡사하다는 것, 그리고 필용 씨의 그 구두쇠 근성이 왕룽과 또한 닮아 있다는 점이 그 둘째 번 이유다. 또 한 가지, 전란의 와중에 부잣집 벽장인지 구들장인지에서 보물을 훔쳐내어 갑자기 치부하게 된 왕룽네 얘기와 딱 맞아떨어지는 일화를 필용 씨 역시도 갖고 있다는…… 그것이 가장 중요한 세 번째 이유랄 수 있다."

박완서
나목
(1970)

박완서의 등단작인 『나목(裸木)』이 화가 박수근과의 인연에서 빚어졌다는 사실은 잘 알려져 있다. 박완서는 아직 전쟁이 끝나지 않은 1951년 말께 지금의 명동 신세계백화점 자리에 있던 미군 피엑스의 초상화부에 취직했다. 미군들의 주문을 받아 미군 병사 본인이나 가족, 애인 등의 초상화를 그리는 곳이었다. 주로 극장 간판을 그리다가 들어온 중년 남자 다섯 명이 초상화를 담당하고 있었다. 그이들 중 한 사람이 박수근이었다. 소설에서는 옥희도라는 이름으로 나온다.

박완서 자신의 일은 미군들한테서 초상화 주문을 받아 와 화가들에게
나눠 주는 것이었다. 초상화 그리는 이들을 '간판쟁이' 정도로 알고 있
던 박완서는 그들에게 한껏 도도하고 못되게 굴었노라고 술회한다. 그
런 태도에는 전쟁통에 사랑하는 오빠를 잃고 갓 입학한 대학도 중도에
그만둔 채 '소녀 가장'으로 생활 전선에 나와 있는 자신에 대한 자괴감
도 한 몫 했노라고. 박수근이라고 예외는 아니었다. 어느 날 그가 해방
전 조선미술전람회에 입선한 자신의 그림이 실린 화집을 들고 와서 보
여주기 전까지는. 아버지뻘 되는 나이에도 자신이 함부로 김씨, 이씨, 박
씨 하고 부르던 이들 중에 진짜 예술가가 있다는 사실은 박완서에게는
커다란 충격이었다. 그 일 이후 박완서는 화가들에 대한 태도를 바꾸고
자신이 빠져들었던 불행감에서도 놓여날 수 있었노라고 밝힌다.

박완서는 휴전이 되기 전에 결혼하면서 피엑스 일을 그만두었고 박수
근은 휴전 뒤에도 한동안 초상화 그리는 일을 계속했다. 박수근이 1965
년 5월 6일 타계한 지 5개월 뒤 열린 유작전은 그의 첫 개인전이었다.
결혼 뒤 4녀1남을 낳아 키우며 전업주부로 살던 박완서는 신문에서 박
수근 유작전 소식을 접하고 전시장에 갔다가 「나무와 여인」이라는 그림
에 매료되어 오랫동안 그 앞을 떠나지 못했다. 헐벗은 나무 아래 머릿짐
을 인 여인과 포대기로 아이를 업은 여인이 있는 그림이었다. "그때의
감동이랄까, 소름이 돋을 것 같은 충격을 참아내기 어려워 놓여나기 위
해 쓴 게 내 처녀작 『나목』이다. (……) 여인들이 바쁘게 지나가는 길목
마다 나목이 서 있다. 조금만 더 견디렴, 곧 봄이 오리니 하는 위로처럼.
그와 내가 한 직장에서 보낸 그해 겨울, 같이 퇴근하던 폐허의 서울에도

나목이 된 가로수는 서 있었다. 내 황폐한 마음엔 마냥 춥고 살벌하게만 보이던 겨울나무가 그의 눈엔 어찌 그리 늠름하고도 숨 쉬듯이 정겹게 비쳐졌을까."

∽

박태원
소설가 구보씨의 일일

(1934)

박태원의 중편소설 「소설가 구보씨의 일일」은 '한국형 소설가 소설'의 효시로 꼽을 만하다. 소설가 구보씨가 주인공으로 등장하며 그의 하루 동안의 동선을 중심으로 이야기가 전개된다. 구보는 특별한 목적 없이 거리를 배회하거나 찻집과 술집 등을 순례하며 친구들과 어울린다. 목적이 없다고는 했지만 구보에게는 나름대로 뚜렷한 목적이 없지 않다. 그가 '모더놀로지'라 일컫는 '고현학(考現學)'이 그것이다. 고현학이란 고고학에 대비되는 말로, 현대 사회와 현대인들을 연구의 대상으로 삼는 학문 분야를 가리킨다. 소설가 구보가 이 말을 쓸 때는 소설을 쓰기 위해 현실을 관찰하고 탐구하는 등의 취재 행위를 뜻하게 된다. 거리에 나선 그를 두고 작가는 "모두가 그의 갈 곳이었다. 한 군데라고 그가 갈 곳은 없었다."라고 모순적인 진술을 하는데, 이것은 그의 배회가 무목적적인 시간 소모인 동시에 소설을 위한 취재 활동으로서의 고현학이라는 두 가지 성격을 지니는 행위임을 말해준다.

이 자전적인 소설의 주인공 이름 '구보'는 작가인 박태원 자신의 호(丘
甫 혹은 仇甫)로 정착되었다(박태원의 문학 세계를 연구하는 학자들의 모임도
'구보학회'라는 이름을 버젓이 쓸 정도다). 그러나 이 이름의 운명은 박태원의
호 구실을 하는 것에 그치지 않았다. 후배 소설가(와 시인)들이 또 다른
구보를 '참칭'하며 자신들의 구보 이야기를 쏟아낸 것이다.

월북 작가라는 이유로 박태원의 작품들이 금기에 묶여 있던 1969년
~1972년에 최인훈(1936년생)은 무려 열다섯 편에 이르는 '소설가 구보
씨의 일일' 연작을 써서 책으로 묶어 냈다. 1990년대 초에는 주인석
(1963년생)이 다시 다섯 편의 '소설가 구보씨의 하루' 연작을 내놓았으
며, 2000년대에 들어서도 윤후명(1946년생)이 '소설가 구보씨의 하루'라
는 제목을 단 연작 두 편을 발표했다. 소설은 아니지만, 오규원
(1941~2007)의 1987년도 시집『가끔은 주목받는 생이고 싶다』에는 '시인
구보씨의 일일' 연작 14편이 수록되기도 했다. 고전이 아닌 한국 현대문
학 작품 가운데「소설가 구보씨의 일일」만큼 많은 패러디와 오마주의 대
상이 된 경우도 없을 것이다.

성석제
그곳에는 어처구니들이 산다
(1994)

지금은 중견 소설가로 활동하고 있는 성석제는 본래 시로 등단했으며

시집도 한 권 상재한 바 있다. 그런 그가 산문으로는 처음 낸 책이 바로 『그곳에는 어처구니들이 산다』이다. 64편의 짧은 산문을 모은 이 책은 소설집이라고도, 콩트 모음이라고도, 그렇다고 그냥 산문집이라고도 하기 어려운 묘한 성질의 책이었다. 작가 자신은 어느 해 여름 "내게 들어 있는 산문, 산문성을 모조리 토해내면 노래만 남지 않겠는가 하는" 생각에서, 그러니까 자신의 시를 가능한 한 노래에 가깝게 만들기 위한 '준비'로서 이 책에 실린 글들을 썼노라고 밝혔다. 그러나 결과적으로 이 책의 글들은 그를 시인으로 단련시키기보다는 소설가의 길로 이끌었으니, 이듬해부터 그는 시 대신 본격적으로 소설을 발표하기 시작했고 결국 소설로 장르를 바꾸게 된 것이다.

시인 성석제가 소설가 성석제로 '전향'하게 된 계기를 마련한 책이라는 사실과 함께 이 책은 독특한 제목으로도 눈길을 끈다. '어처구니'는 흔히 '어처구니없다'는 형용사로 쓰일 뿐, '어처구니' 자체가 독립된 명사로서 쓰이는 일은 좀처럼 없다. 그러나 이 책의 제목은 그 어처구니가, 더구나 복수형으로서, 독립된 어떤 생명체라는 사실을 상정하고 있지 않겠는가.

2007년에 낸 개정판 서문을 보면 작가는 '어처구니'를 '상상보다 큰 사람이나 물건'이라는 사전식 풀이로 이해하고 있다. '어처구니없다'는 말이 '하는 일이 뜻밖이어서 기가 막히다'는 뜻이라는 데에서 거꾸로 유추한 풀이일 것이다. 그러나 '어처구니'의 유래로는 이것 말고도 몇 개의 가설이 더 있다. 맷돌의 손잡이를 가리킨다는 주장(엊혀공이→어처공이 또는 어처옹이→어처구니)이 있는가 하면, 기와의 들고 나는 모양을 가리키

는 한자어 요철공(凹凸孔)이 변형된 것이라는 주장(요철구멍→요철구녕→
요철구니→어처구니)도 팽팽하게 맞서고 있다. 맷돌을 돌리려는데 손잡이
가 없다든가, 건물에 기와를 얹으려는데 들고 나는 홈이 없는 어이없는
상황을 가리켜서 '어처구니가 없다'고 말하기 시작했다는 것이다.

개정판 서문에서 밝힌 작가의 뜻풀이를 받아들인다 해도 책에 실린 64
편의 이야기에는 그처럼 독립된 존재로서의 어처구니가 나오지 않는다.
책에 실린 이야기들은 초기 성석제 소설에 단골로 등장하게 되는 기인
들과 독특한 상황들을 해학적이며 실험적인 방식으로 들려준다. 짐작건
대, 그 모든 인물과 사물, 상황들이 작가에게는 '어처구니들'로 파악되
었다는 뜻이리라.

성석제
내 인생의 마지막 4.5초
(1995)

성석제의 단편 「내 인생의 마지막 4.5초」는 1995년 4월에 씌어졌다.
이 작품은 소설집 『새가 되었네』(1996) 맨 앞에 수록되었다. 『그곳에는
어처구니들이 산다』를 연상시키는 '소설을 위한 시도'(작가 자신의 표현)
「스승들」(1994년 11월)을 제하면 수록작들 가운데 가장 먼저 씌어진 작품
이다.

이 소설은 지방 소도시를 주름잡고 있는 칼잡이 폭력배 두목이 차를

몰다가 다리 난간을 들이받고 80미터 아래로 떨어져 죽기까지의 4.5초를 시간적 배경으로 삼는다. 그 4.5초 동안 칼잡이의 순탄치 않은 생애가 주마등처럼 지나간다. 여섯 살 어린 나이에 이웃집 아이의 장화를 빼앗은 일을 필두로 시작된 불법과 폭력의 생애는 바야흐로 하나의 완성을 향해 가는 참이었다. 인근 대도시의 큰형님 조직 행동대장으로 활약하던 그는 고향으로 돌아와 술집을 차리고 벽돌 회사를 접수했으며 도박장을 여는 등 착실히 기반을 다져가고 있었다. 어린 시절부터 자신의 영웅이었던 읍내 깡패 마사오까지 쫓아낸 그의 앞에 거칠 것이라고는 없었다. 그런 그가 어처구니없게도 굽은 내리막길에서 과속으로 차를 몰다가 추락사하게 된 것이다. 추락이 시작되는 순간 '왜 하필 나야?'라며 억울하다는 생각에 사로잡혔던 이 건달이, 이제 사태를 돌이킬 수는 없으며 자신은 죽을 수도 있다는 사실을 예감하는 마지막 순간 "엄마, 무서워"라는 말을 유언처럼 내뱉는 모습에서는 성석제 특유의 해학이 유감없이 발휘된다.

소설은 "바퀴가 공중에 들린 지 0.5초 후"라든가, 차가 다리 난간을 들이받는 순간 의식을 잃었던 주인공이 의식을 되찾은 지 0.2초 후에 추락 사실을 알게 되었다는 식으로 시간을 극도로 잘게 쪼개가면서 그의 마지막 순간 4.5초를 한 편의 소설로 재탄생시킨다. 소설에는 낙하 물체의 가속도, 죽음에 임박한 사람의 뇌에서 분출된다는 엔도르핀 샤워, 제논의 역설, 공포와 위산 분비의 상관관계 등에 관한 각주가 상세하게 붙여졌는데, 그중에는 불교에서 말하는 시간 단위 '일념'(一念=찰나=75분의 1초)에 관한 설명도 들어 있다.

「내 인생의 마지막 4.5초」는 국내 시와 소설 제목 중에서는 가장 짧은 시간 단위를 포함한 것으로 짐작된다. 이 작품이 나오기 전에는 아마도 김성한의 단편 「오분간」이 '기록'을 보유하고 있었을 것이다. 제목에 시간 단위나 길이가 들어간 다른 작품들로는 박태원의 「소설가 구보 씨의 일일」, 전경린의 『내 생애 꼭 하루뿐일 특별한 날』, 한만수 장편 『하루』, 장정일 장편 『구월의 이틀』, 박완서의 「그 가을의 사흘 동안」, 심산의 장편 『사흘 낮 사흘 밤』, 김인숙 장편 『'79~'80 겨울에서 봄 사이』, 김진규 장편 『남촌 공생원 마님의 280일』, 박영준 장편 『일 년』, 천승세 장편 『사계의 후조』, 방현석의 『십년간』, 이인성 단편 「길, 한 이십 년」 등이 있다. 양귀자 장편 『천년의 사랑』이나 김경욱 장편 『천년의 왕국』, 함성호 시집 『56억 7천만 년의 고독』처럼 보통 사람의 실감을 훌쩍 뛰어넘는 거대한 시간 단위를 포함한 제목들도 있다.

∾

신경숙

어디선가 나를 찾는 전화벨이 울리고

(2010)

신경숙의 장편소설 『어디선가 나를 찾는 전화벨이 울리고』의 제목은 최승자의 시 「끊임없이 나를 찾는 전화벨이 울리고」에서 왔다. 최승자의 두 번째 시집 『즐거운 일기』(1984)에 수록된 이 시는 전체 7연으로 되어 있으며 그중 제6연은 다음과 같다.

끊임없이 나를 찾는 전화벨이 울리고

그 전화선의 마지막 끝에 동굴 같은

썩은 늪 같은 당신의 구강이 걸려 있었다.

어느 날 그곳으로부터 죽음은

결정적으로 나를 호명할 것이고

나는 거기에 결정적으로 응답하리라.

타들어가는 내 운명의 도화선이

당신의 썩은 구강 안에서 폭발하리라.

삼십 년 전부터 다만 헛되이,

헛되고 헛됨을 완성하기 위하여.

인용된 부분에서 보듯 여기서의 전화벨은 화자의 죽음을 호출하는 신호음을 상징한다. 같은 이미지가 제3연에도 등장하거니와, 거기서 화자는 그 죽음의 호출을 피해 가지 않고, 죽음으로 완성되는 운명의 맨얼굴을 만져보고 싶노라고 밝힌다. 그를 호출하는 '당신'은 제5연에서 "하늘의 키잡이 늙은 니힐리스트"로 서술되는데, 그것이 인간의 생사와 운명을 관장하는 절대자를 가리킴은 물론이다.

적극적인 허무에의 의지를 담은 최승자 시의 기조가 신경숙 소설에 그대로 이어지는 것은 아니다. 신경숙의 소설에도 주요 등장인물들의 죽음이 비중 있게 그려지지만, 여기서의 전화벨은 그 죽음을 수긍하고 지향하고자 울리지는 않는다. 반대로, 그 죽음들과 그것들이 빚어낸 상

190

처로부터 벗어날 수 있는 출구가 이 소설에서의 전화벨이다. 작가 자신은 "소통을 위한 노크로서의 전화벨"이라고 설명했다. 작가는 젊은 시절에 접한 이 시의 제목을 '어디선가 끊임없이 나를 찾는 전화벨이 울리고'로 기억하고 있었고 인터넷 서점 알라딘에 소설을 연재할 때에도 제목을 그렇게 붙였는데, 나중에 알고 보니 원시에는 '어디선가'가 없더라고 했다. 그럼에도 불구하고 작가는 최종 제목에 '어디선가'를 포함시키는 대신 '끊임없이'를 생략했는데, 그렇게 하는 것이 소설의 주제와 어울린다는 판단에서였다. 최승자의 시에서 전화의 발신자인 '늙은 니힐리스트'가 죽음의 불안 및 허무와 연결된다면, 신경숙의 소설에서 전화 발신처인 '어디선가'는 막연하나마 삶과 희망의 방향을 가리키고 있는 셈이다.

～

신경숙
기차는 7시에 떠나네
(1999)

신경숙의 이 소설 제목은 그리스 작곡가 미키스 테오도라키스의 노래 「기차는 8시에 떠나네」에서 왔다. 소설 주인공인 삼십대 중반의 성우 하진이 십오륙 년 전의 잃어버린 기억을 찾아 나서고, 그 과정에서 노동야학을 하던 풋풋한 시절의 자신과 다시 만난다. 그 시절 하진은 매주 금요일이면 시장통 구석 노을다방 디제이 박스에 「기차는 7시에 떠나네」라는 노래를 신청한다. 제목을 잘못 알아서가 아니었다. 그것이 함께 운동을 하는 동료들 사이의 암호였던 것. 그러던 어느 날 그는 '적들'의 급습을 받아 어두운 지하실로 끌려가고 혹독한 고문 끝에 뱃속의 아이를 유산하고는 사랑하는 남자마저 배신하게 된다……. 신경숙은 나중에 소프라노 조수미가 번안해 부른 「기차는 8시에 떠나네」 노래의 한국어 가사를 써서 이 노래와의 인연을 이어갔는데, 원곡의 정치적 저항과 역사적 맥락을 무시하고 단순한 이별 노래로 각색해버려 아쉬움을 주었다.

～

<h3 style="text-align:center">양귀자</h3>

비 오는 날이면 가리봉동에 가야 한다

(1986)

비 오는 날이면 왜 가리봉동에 가야 하는 걸까. 양귀자의 연작소설 『원미동 사람들』 중 한 편인 이 단편에서 비 오는 날 가리봉동에 가야 하는 사람은 은혜 아빠의 집 목욕탕 파이프 누수 문제를 해결하러 온 일꾼 임씨다. 겨울에는 연탄 판매가 주업이지만 연탄 비수기인 다른 철에는 '뻥끼쟁이, 미쟁이, 보일러쟁이, 도배쟁이, 공사판 잡부' 등 갖은 일을 닥치는 대로 한다는 임씨에게 그럼 비 오는 날은 쉬느냐고 은혜 아빠가 묻자 임씨가 답한다: "비 오는 날엔 아침부터 가리봉동에 가야 합니다." 사연을 들어본즉, 임씨한테 일 년 동안 팔십만 원어치 연탄을 대어 받은 스웨터 공장 사장이 망했다는 거짓말로 그 돈을 떼먹고 달아나 가리봉

192

동에 더 큰 공장을 차렸다는 것. 그러니까 보증금 백오십만 원에 월세 삼만 원짜리 지하 방에서 여섯 식구가 같이 지내는 임씨가 일이 없는 비 오는 날 가리봉동에 가는 것은 바로 떼먹힌 돈 팔십만 원을 받아내기 위한 것이었다.

유하의 시집『바람부는 날이면 압구정동에 가야 한다』(1991)의 표제가 된 연작시들은 아마도 양귀자의 이 소설에서 제목에 관한 영감을 얻은 작품들일 것이다. 나중에 시인 자신이 감독한 영화로도 만들어진 이 시집에서 '바람부는 압구정동'의 이미지는 '비 오는 가리봉동'과는 천양지차라 할 만큼 다르다. 90년대 소비문화의 기호와도 같았던 압구정동과 80년대까지만 해도 가난하고 고달픈 노동자들의 거주지였던 가리봉동 사이의 거리가 그런 차이를 빚어냈을 것이다. 또한 우울하고 가라앉는 느낌을 주는 비, 그리고 설레고 들뜬 느낌과 연결되는 바람 사이의 차이도 한몫 했을 것이다.

유 하
무림일기

(1989)

「결혼은 미친 짓이다」,「말죽거리잔혹사」,「쌍화점」 같은 영화의 감독으로 성공을 거두기 전 유하는 먼저 시인으로서 이름을 날렸다. 그는 80년대를 연 이성복과 황지우, 그리고 80년대를 닫은 기형도의 뒤를 잇는 대형 신인으로 문단의 기대를 한 몸에 받던 처지였다. 그가 자신의 시집을 각색한 장편 극영화 「바람부는 날이면 압구정동에 가야 한다」(1993)를 필두로 영화 쪽으로 건너가버리자 문단 인사들은 큰 아쉬움을 느껴야 했다. 『무림일기』는 유하의 첫 시집이다. 제목에 쓰인 '무림(武林)' 은 강호들이 출몰하는 무사의 세계를 뜻하는 무협지의 용어다. 시집은 시인 자신이 성장기에 빠져들었던 무협지의 어법을 빌려와 당대 현실을 신랄하게 꼬집는다. 시인이 보기에 당대의 정치·사회 현실은 폭력과 술수가 난무하는 무협지의 세계와 다를 바 없었다는 뜻이다. 일찍이 김현은 '키치 중독자이자 키치 반성자' 라는 말로 유하의 복합적인 면모를 집어낸 바 있는데, 젊은 패기가 돋보이는 첫 시집에서부터 그런 면모는 두드러져 보인다. 연작 첫편인 「무력(武歷) 18년에서 20년 사이—무림일기·1」에서 1980년 광주 5·18 항쟁과 그 항쟁을 피로 짓밟으며 들어선 전두환 신군부, 그리고 그를 찬양한 미당 서정주와 어용 신문들은 이렇게 묘사된다.

"그 무렵 하남땅에선 민초들의 항쟁이 있었다/ 아, 이름하여 하남의 대혈겁(大血劫)/ 광두일귀(光頭一鬼)는 공수무극파천장(空輸無極破天掌)을 퍼부어 무림잡배의 폭동을/ 무사히 제압했다고 공표, 무림의 안녕을 거듭 확인했다/ 그날은 꽃잎도 혈편으로 흐드러졌고 봄비도 피비린내의 살점으로 튀었다/ 이 엄청난 혈채(血債)를 어디서 보상 받아야 하는가/ 무력 19년 가을, 광두일귀는 숭산의 영웅대회에서 잔혼귀존 폭력마독 등과/ 형식적인 비무를 거친 뒤 무림맹주의 권좌에 등극하였다/ 그날 동천존자(冬天尊者)는 그를 일컬어 달마 이후 최고의 미소라며 극찬하였고

/ 무협신문들 또한 일제히 환영의 뜻을 표하며,/ 혈의방 무사들이 통천 가공할 무공을 익히며 호시탐탐 중원을 노리는 이때/ 강력한 무공의 소유자가 중원을 다스려야 한다고/ 수심에 가득 찬 기사를 썼지만 대부분 인면수심들이었다"(「무력 18년에서 20년 사이—무림일기 · 1」 부분)

윤대녕
은어낚시통신
(1994)

윤대녕의 단편 「은어낚시통신」은 『한국문학』 1994년 봄호에 발표되었다. 윤대녕은 이미 1992년에 「은어」라는 제목의 단편을 내놓은 바 있으니, 이 작품은 그의 두 번째 '은어 이야기' 라 할 법하다. 그가 '은어낚시통신' 을 표제로 삼은 첫 소설집을 역시 1994년 봄에 출간하면서 전업을 선언한 것은 그에게 '은어' 가 지니는 의미와 비중을 짐작하게 한다. 그렇다면 윤대녕에게 '은어' 란 그리고 '은어낚시통신' 이란 도대체 무엇이었을까.

"은어가 연어와 마찬가지로 회귀성 물고기라는 사실은 잘 알려져 있지 않나. 『은어낚시통신』을 비롯한 초기의 내 소설에 흔히 '존재의 시원으로의 회귀' 라는 꼬리표가 붙곤 하는데, 그것은 은어의 회귀적 속성과 무관하지 않다. 잃어버린 존재의 본질 같은 것을 찾아 거슬러 올라가보자는 뜻이 은어라는 상징에는 들어 있는 것이다."

단편 「은어낚시통신」에서는 프리랜서 사진작가인 '나'가 '은어낚시통신' 명의의 수수께끼 같은 초대장을 받는다. 과거에 만났다가 헤어진 여자를 언급하고 있는 초대장에 끌려 모임 장소인 지하 카페에 가보니 그곳에는 현실의 삶에 만족하지 못하고 '다른 삶'을 꿈꾸는 이들이 모여 있다. '이 세계'의 삶이 한갓 껍데기일 뿐이며 '저 세계'야말로 존재의 본질에 부합하는 곳이라는 의식은 윤대녕의 초기 소설들에 반복적으로 나타난다.

"두 번째 은어 소설에 '통신'이라는 말을 넣은 것은 의도적이었다. 새파란 신인이었던 나로서는 변화하는 시기의 새로운 주제의식을 강조하고자 한 것이었다. 내가 추구하고자 하는 새로운 패러다임과 전형을 일종의 뉴스의 형태로 알리고 싶다는 생각이었다. 같은 책에 실린 단편 「January 9, 1993 미아리 통신」 역시 마찬가지다. 좀 더 적극적으로 말하자면 새로움을 지향하는 선언문이라는 뉘앙스를 그 말에 담았던 것이다."

윤대녕의 출현에 열광한 독자들이 많았지만, 문학평론가 김윤식이 받은 충격은 유별났다. 그는 윤대녕의 소설에서 한국 근대문학 패러다임의 전환을 보았다. "역사사회학적 상상력으로부터 생물학적 상상력으로의 전환"이 그가 파악한 윤대녕 소설의 문학사적 의의였다. 역사와 공동체에 집착하는 1970, 80년대 문학에서 개인의 일상을 중시하는 90년대 문학으로의 변모를 윤대녕 소설이 대표하고 있다는 판단이었다. 요컨대 인간은 이성의 존재가 아니라 은어이며 생물, 나아가 벌레일 수도 있다는 것.

한편 단행본 『은어낚시통신』은 서점가에서 또 다른, 뜻밖의 소동을 자아내기도 했다. 당시만 해도 무명에 가까웠던 작가의 워낙 독특한 제목의 책인지라 서점의 담당자들은 이 책이 소설집이라고는 생각하지 못하고 낚시 코너에(!) 꽂았던 것. 국내 최대 규모의 서점을 비롯해 적지 않은 서점들에서 이런 사건이 벌어졌으며, 문단 인사들이 모인 술자리에서는 이 일이 두고두고 안주 거리로 되씹어졌다.

～

윤흥길
코파와 비코파

(1983)

입시 채점을 위해 소집된 대학 교수들이 코골이와 숙소의 상관관계를 놓고 벌이는 실랑이를 소재로 삼은 단편이다. 16명의 교수들이 4박5일 합숙에 들어가는데, 일부 교수가 코를 고는 동료들 때문에 잠을 이룰 수 없다고 호소하면서 논란과 소동이 벌어진다. 난상토론 끝에 코를 고는 이들과 골지 않는 이들이 방을 나눠서 자기로 한다. 코를 고는 '코파' 5명에 골지 않는 '비코파' 11명으로 나눠서 방에 들어가지만, 소설은 마지막에 어이없는 반전을 마련해 놓는다. 그 자신 코파로 분류된 '국문과'가 다른 코파들의 코 고는 소리 때문에 잠을 이루지 못하다가 비코파의 방으로 몰래 숨어 들어간다. 그런데, 이게 웬일! 그 방 여기저기에서 우렁차게 코 고는 소리가 진동하고 있는 것 아닌가. 코골이를 매개로 한 구별짓기의 메커니즘, 그리고 스스로 코를 골지 않는다고 주장하지만 사실은 코를 고는 이들의 허위의식을 유쾌하게 풍자한 이 소설은 사회의 다른 여러 분야와 상황으로 확대 해석될 가능성을 열어 놓는다.

이문구
관촌수필
(1977)

이 소설과 관련해서는 재미있는 일화가 전해진다. 1970년대 말인지 80년대 초인지의 어느 날 문학과지성사의 당시 대표였던 평론가 김병익에게 어떤 인사가 가벼운 항의를 했더란다. 자신의 수필집을 문학과지성사에서 출판하고 싶었는데 출판사 쪽에서 거절한 데 대한 항의였다. 거절의 이유로 '수필집은 내지 않는다'는 출판사의 방침을 들었는데, "『관촌수필』이라는 수필집을 냈으면서 무슨 말도 안 되는 핑계냐."는 것이었다. 아마도 책을 읽어 보지 않았을 이 인사는 『관촌수필』을 제목 그대로 수필로 이해했던 모양이었다. 1977년 12월에 나온 『관촌수필』은 물론 작가의 고향인 충남 보령 관촌마을에서 보낸 유년기의 삽화들을 그야말로 에세이 풍으로 쓴 연작소설이다.

이 웃지 못할 해프닝의 배경이 된 문학과지성사의 출판 원칙은 이랬다. "수필집 · 아동도서 · 참고서 · 교과서는 내지 않는다. 자비출판은 사양한다. 외국 것은 문학과 인문과학의 이론서 혹은 고전적인 시집으로

한정하고 소설은 출판하지 않는다." 1975년 12월, 문학 계간지 『문학과
지성』을 모태로 삼은 출판사 문학과지성사의 출범은 잡지 편집동인인
김병익이 동아일보사에서 해직되는 사건이 계기가 되었다. 김병익과 함
께 김현 · 김주연 · 김치수 등 '4K'로 불린 30대 젊은 평론가들이 주도한
이 신생 출판사는 문학의 순수성을 출판에서도 유지하겠다는 취지에서
예의 출판 원칙을 세우고 엄격하게 지켰다. 시대 상황과 출판 환경이 바
뀌면서 이 원칙은 나중에 수정되었지만, 젊은 평론가들의 순수한 열정
은 그 원칙에 오롯이 새겨져 있음이다.

　한편 『관촌수필』을 구성하는 여덟 연작 단편은 하나같이 네 글자의
한자로 된, '사자성어' 식 제목을 달고 있어 인상적이다. 소설에서도
드러나는 작가 집안의 한학적 분위기를 반영한 이 제목들은 이러하다.
순서대로 '관촌수필 1'부터 '8'까지다: 「일락서산(日落西山)」, 「화무십
일(花無十日)」, 「행운유수(行雲流水)」, 「녹수청산(綠水靑山)」, 「공산토
월(空山吐月)」, 「관산추정(關山芻丁)」, 「여요주서(與謠註序)」, 「월곡후
야(月谷後夜)」.

이문구
우리 동네

(1981)

　『관촌수필』에 이은 이문구의 또 하나의 연작소설 『우리 동네』는 그의

'발안 시절'의 산물이다. 스승인 김동리의 한국문인협회장 선거운동을 헌신적으로 도왔으나 쓴맛을 본 이문구는 1977년 5월 경기도 화성군 향남면 발안으로 이사한다. 스무 가구 남짓이 한 동네를 이루어 살고 있는 한적한 시골이었다. 이문구는 1980년 서울로 올라가기까지 이곳에 살면서 글을 쓰고 농사도 지으며 동네 사람들과 어울렸다. 그렇게 이곳에서 보고 겪은 이야기들이 『우리 동네』 연작의 밑그림을 이루었다. 모두 아홉편으로 이루어진 연작의 첫편은 발안에 정착한 지 반년 만인 1977년 11월에 발표한 「우리 동네 김씨」였으며 마지막 작품은 그가 다시 서울로 이사한 1981년에 낸 「우리 동네 조씨」였고, 그 사이에 다음 작품들이 순서대로 생산되었다. 「우리 동네 황씨」(발표 당시 제목은 '으악새 우는 사연'이었으나 나중에 제목을 바꾸었다) 「우리 동네 이씨」, 「우리 동네 최씨」, 「우리 동네 정씨」, 「우리 동네 유씨」, 「우리 동네 강씨」, 「우리 동네 장씨」. 한마디로 동네 이웃들이 각 편의 주인공인 셈인데, 그들이 무언가 대단하거나 별쭝난 인물들이 아니라 평범하기 그지없는 이들이라는 사실은 그들의 성씨에서도 확인할 수 있다. 작가는 아마도 우리 사회에 가장 흔한 성씨 아홉을 주인공들에게 부여한 듯한데, 사실 그들의 성이 서로 바뀐다 해도 아무런 상관이 없을 것이다. 작가는 이렇듯 흔한 성을 지닌 이들을 통해 산업화의 그늘에서 신음하는 농민들의 애환과 분노를 표현하고자 했던 것이다.

흥미로운 것은 '김이박최~'라는 관형어구에서 보듯 우리 사회에서 김씨와 이씨에 이어 세 번째로 많은 성씨인 박씨가 등장하지 않는다는 사실이다. 이에 대해 작가에게 직접 물어보지는 못했지만, 한 가지 추측은 가능하다. 그것이 당시 집권자였던 박정희의 성씨라는 사실과 관련이 있으리라는 것이다. 『우리 동네』의 시간 배경이 이른바 유신의 극성기였음에 주목할 필요가 있다. 1972년 10월의 개헌과 더불어 시작되었다고 해서 '시월 유신'으로 불렸던 박정희 집권 후반기 체제를 생전의이문구는 자주 '박씨 유신'이라 불러 버릇했다. 박정희와 무관하고 그의독재를 지지하지 않은 많은 박씨들에게는 미안한 일이지만, 이문구는아마도 자신이 그토록 혐오하던 독재자의 성을 자신의 소설 주인공에게는 붙이고 싶지 않았던 것 아닐까. 말하자면 이문구의 '우리 동네'에는'유신 박씨'가 살 집은 없었던 것이다.

∽

이문구
내 몸은 너무 오래 서 있거나 걸어왔다
(2000)

이 책은 이문구가 생전에 스스로 원고를 정리해서 펴낸 마지막 책이다. 이 책을 낸 이듬해 2월 그는 위암 수술을 받고 민족문학작가회의 이사장직에서도 물러나는 등 삶을 정리하는 절차에 들어갔다. 김명인의시 「의자」에서 따온 소설집 제목은 작가 말년의 그런 정황을 요약해서담고 있는 셈이다. 김명인의 시집 『길의 침묵』(1999)에 수록된 이 시의첫 다섯 행은 이러하다: "창고에서 의자를 꺼내/ 처마 밑 계단에 얹어놓고 진종일/ 서성거려 온 내 몸에게도 앉기를 권했다/ 와서 앉으렴, 내 몸은 / 너무 오래 서 있거나 걸어왔다."

이 제목은 몇 권의 유고 시집 제목들을 떠오르게 한다. 고정희 (1948~1991)의 『모든 사라지는 것들은 뒤에 여백을 남긴다』(1992), 김남 주(1946~1994)의 『나와 함께 모든 노래가 사라진다면』(1995), 그리고 박 영근(1958~2006)의 『별자리에 누워 흘러가다』(2007)가 그것들이다. 이문 구의 책이 작가 생전에 나온 반면 시인들의 유고 시집은 나란히 1주기에 맞추어 나왔다는 점에서 차이가 있긴 하지만, '사라지다'나 '누워 흘러 가다' 같은 이미지들이, 피로를 느끼고 앉아서 휴식을 취하고 싶어하는 이문구의 의지와 통하기 때문일 것이다.

각설하고, 이 소설집에는 1991년에 발표한 「장곡리 고욤나무」에서부 터 2000년작인 「장평리 찔레나무」까지 여덟 단편이 묶였다. 90년대 한 국 농촌의 현실을 작가 특유의 충청도 입말과 해학적 문투에 담았는데, 「더더대를 찾아서」를 제한 나머지 일곱 편의 제목은 '관촌수필'이나 '우 리 동네' 연작을 연상시키는 나름의 일관성을 유지하고 있어 인상적이 다. 'ㅇㅇ리 ㅇㅇ나무' 식의 제목이거니와, 동네 이름은 하나같이 길 장 (長) 자로 시작하며 나무 이름은 두 자짜리라는 점까지도 동일하다. 발표 역순으로 수록된 이 단편들의 제목은 이러하다: 「장평리(長坪里) 찔레 나무」, 「장석리(長石里) 화살나무」, 「장천리(長川里) 소태나무」, 「장이리 (長而里) 개암나무」, 「장동리(長洞里) 싸리나무」, 「장척리(長尺里) 으름 나무」, 「장곡리(長谷里) 고욤나무」. 동네 이름이야 그렇다 치고 나무들 도 키가 크거나 값비싼 과실을 선사하거나 모양이 아름다운 것은 하나 도 없이, 풀인지 나무인지조차 분간하기 어려운 보잘것없는 것들뿐이

다. 소설 속에서 이 나무들은 90년대 농촌을 지키는 농민들을 상징하는 것인데, 작가는 이와 관련해 이렇게 말한 바 있다.

"제목으로 쓰인 나무는 나무이되 나무 같지 않은 나무이지요. 그렇다면 덩굴이냐. 덩굴도 아니지요. 풀 같기도 한데 풀도 아니고, 그러나 숲을 이루는 데는 제 나름대로 역할을 하는 나무이지요. 꼭 소나무나 전나무, 낙엽송처럼 굵고 우뚝한 황장목 같은 근사한 나무만이 숲을 이루는 건 아니라고 생각합니다. 있는 듯 없는 듯 존재 가치가 희미한, 그러나 자기 줏대와 고집은 뚜렷한 사람들의 이야기입니다. 돈 없고 힘 없는 일 년살이들도 숲을 이루는 데는 꼭 필요한 존재라는 것을 말하고 싶었습니다."

그렇다면 이 '장○리 ○○나무' 들은 이문구가 1985년에 최일남·송기숙과 함께 낸 콩트집 『그리고 기타 여러분』의 제목이 가리키는 바 있는 듯 없고 없는 듯 있는, 눈에 잘 띄지는 않지만 막상 없으면 허전한 우리 사회의 장삼이사들을 뜻하는 것일 테다.

이문열
그대 다시는 고향에 가지 못하리

(1980)

이문열이 등단 이듬해인 1980년에 내놓은 연작 장편 『그대 다시는 고향에 가지 못하리』는 쇠락의 비애 섞인 아름다움을 그린 수작이다. 작가

의 고향인 경북 영양을 배경으로, 봉건 사회의 유교적 질서가 무너져가
는 풍경을 아련한 눈길로 관찰하는 주인공의 낭만주의적 태도가 두드러
지는 작품이다. 이 소설의 멋들어진 제목은 미국 작가 토머스 울프
(Thomas Wolfe)의 소설 『그대 다시는 고향에 가지 못하리 *You Can't Go
Home Again*』에서 왔다. 토머스 울프는 『천사여, 고향을 보라 *Look
Homeward, Angel*』, 『시간과 강물 *Of Time and the River*』, 『거미줄과 바위
The Web and the Rock』 같은 서정미 넘치는 자전 소설을 쓴 작가다. 그와
동시대인이었던 윌리엄 포크너(William Faulkner)는 자기 세대 작가 중에
서 울프가 최고이며 자신은 그 다음이라고 말하기도 했다. 울프의 자전
적이며 회고적인 소설 주제와 상실의 느낌을 진하게 풍기는 제목이 젊
은 작가 이문열의 취향에 딱 들어맞았던 듯하다.

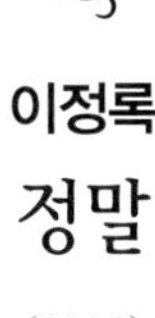

이정록
정말
(2010)

시집이나 소설집의 제목은 해당 시집 또는 소설집에 수록된 작품의
제목으로 하는 것이 암묵적인 관례다. 그렇게 책 전체의 제목으로 쓰인
작품을 표제작이라고 한다. 그런데 이따금씩 그런 관례를 깨는 책들이
나타난다. 시집 쪽에 그런 사례가 많은데, 그럴 경우에는 수록된 시의 제
목은 아니더라도 시의 한 구절을 시집 전체의 제목으로 삼는 것이 일반

적이다.

이정록의 시집 『정말』(2010)에 수록된 시 예순다섯 편 중에는 '정말' 이라는 제목을 지닌 작품이 없다. 그럼 시 본문에는? 찾아보니 시 세 편 속에 모두 네 번에 걸쳐 '정말' 이라는 낱말이 나온다. 「나도 이제 기와불사를 하기로 했다」와 「내 포석재 애기불」에 한 번씩, 그리고 「참 빨랐지 그 양반」에 두 번. 그렇다고 해서 시인이 이 시들에 나오는 네 개의 '정말' 중 어느 하나를 책의 제목으로 삼았다고 단정하기는 어려워 보인다. 그렇다면 이 제목은 어디서 온 것일까? 그것은 아마도 '정의 말' '정감 있는 말' 이라는 뜻이 아닐까. 아니라면, '정록이의 말' 은 어떨까. 아마도 그런 의미들이 두루 더해져서 '거짓이 아닌 진짜의 말' 이라는 뜻을 담게 되었을 게다. 시집 『정말』의 세계는 이정록의, 정이 가는, 진짜 말들의 세계이다.

이진명
밤에 용서라는 말을 들었다
(1992)

"얼굴 없던 분노여. 사자처럼 포효하던 분노여. 산맥을 넘어 질주하던 증오여. 세상에서 가장 큰 눈을 한 공포여. 강물도 목을 죄던 어둠이여. 허옇고 허옇다던 절망이여. 내 너에게로 가노라. 질기고도 억센 밧줄을 풀고. 발등에 깃털을 얹고 꽃을 들고. 돌아가거라. 부드러이 가라앉거라.

풀밭을 눕히는 순결한 바람이 되어. 바람을 물들이는 하늘빛 오랜 영혼
이 되어."

이진명의 시 「밤에 용서라는 말을 들었다」의 마지막 제4연에서 시인
이 호명하는 분노와 증오와 공포와 어둠과 절망은 시인의 내면에서 솟
구쳐 올라 시인 자신을 괴롭히던 감정들이다. 제가 만든 괴물들에 제가
당하는 프랑켄슈타인적 굴레에서 벗어나는 마법의 열쇠가 시의 제목에
도 쓰인 '용서'였다.

시인은 『국민일보』 2009년 12월 10일자에 기고한 글에서 이 시의 탄
생 배경을 상세히 설명하고 있다. 그가 이 시를 쓴 것은 '처녀 가장'으로
10년을 꼬박 채운 뒤, 서른세 살의 어느 오후였다. 그 10년은 어머니가
돌아가시고 새어머니가 들어온 뒤 아버지와 의절하고서 중학생, 고등학
생, 대학생인 세 동생과 방 한 칸을 얻어 생활해온 날들이었다. 아무리
힘들게 일을 해도 하루하루 백척간두에 서 있다는 위기감에서 벗어나기
어려웠다. 자신의 존재를 없애서 더러운 세상에 복수하겠노라는 전도된
의식에 사로잡히기도 했다. 가까스로 동생들을 결혼 또는 취직시키고
나자 비로소 자유가 찾아왔다. 홀로 남겨지자 허탈함 속에서 한 가지 의
문이 떠올랐다: 이런 것이 산다는 것인가? 아니라면, 산다는 건 도대체
무언가?

"그러던 어느 오후, 방 안에서 무연히 서향으로 난 창문 벽을 향하여
기진해 있을 때, '행복'과 '사랑'이라는 낱말이 몇 줄기 빛과 함께 어룽
이며 창문 벽에 돋아났다. 아아, 이것이다. 오랫동안 지난하게 가슴을 눌
러왔던 질문에 답이 온 것만 같았다. (……) 우리는 행복하기 위해 이 세

상에 왔다는 답을 얻었다. 행복하려면 사랑해야 한다, 사랑하려면 용서해야 한다, 용서하면 마음속에서 다 통한다, 묶여 있던 분노와 불화, 미성숙이 서로를 품는 내면의 소리를 듣게 된 거였다. (……) 그동안 나는 나를, 나의 삶을 용서하지 못하였던 것이다. 그렇게 용서라는 말이 행복과 사랑에 이어 천천히 떠올라 나를 녹이기 시작했다."

자신을 가둬놓고 갉아먹었던 부정적인 감정들을 용서를 통해 극복하는 내면의 드라마가 시 「밤에 용서라는 말을 들었다」로 형상화되었다. 시는 누군가에 의해 어두운 숲속 나무에 묶여 몸부림치던 이가 완력이 아닌 사랑과 연민으로써 그로부터 벗어난다는 우화적인 이야기를 통해 용서의 힘을 역설한다. 시인 자신의 절절한 체험에서 우러난 이 시는 지금도 많은 독자들로 하여금 용서의 소중한 가치를 깨닫게 해주고 있다.

이창동

녹천에는 똥이 많다

(1991)

지금은 영화감독으로 활동하고 있는 이창동의 단편 「녹천에는 똥이 많다」는 그에게 1992년 한국일보 문학상을 안겨준 그의 대표작이다. 작가 이창동은 1983년 『동아일보』 신춘문예 중편소설 부문에 당선하면서 문단에 나왔으며 『소지(燒紙)』(1987)와 『녹천에는 똥이 많다』(1992) 두 권의 소설집을 냈다.

제목의 '녹천(鹿川)'은 지금의 서울 상계동 신시가지 어름을 가리킨
다. 지하철 1호선 창동과 월계 사이에 있는 녹천역에 그 지명이 남아 있
다. 소설의 배경이 되는 90년대 초에는 상계동 아파트 단지가 조성되고
있는 중이어서 "한창 골조 공사를 하고 있는 기괴한 시멘트 구조물을 지
나면 공장 폐수가 흐르는 시커먼 개천이 있고, 그 개천을 건너야 준식이
일주일 전에 새로 이사 온 아파트 단지가 있었던 것이다." 공사장의 현
장 사무실 용도인 가건물과 밥과 술을 파는 함바집, 포장마차 등이 들어
선 역 주위에는 "무슨 이유에선지 생리적 용무를 해결할 시설은 제대로
준비되어 있지 않"아서, 여기저기 똥이 깔려 있고 똥냄새가 진동했다.

소설은 상계동 아파트 단지의 "15층이나 되는 고층 아파트의 맨 아래
층 귀퉁이에 있는 집", 방 셋짜리 23평 아파트에 가까스로 입주한 삼십
대 중반의 학교 교사 준식이 십 년 만에 연락을 취해온 이복동생 민우의
출현으로 해서 겪는 소시민적 고민과 갈등을 소재로 삼는다. 열일곱 나
이에 단신 상경해 학교 급사로 취직했던 준식은 그 뒤 서무과 직원으로
일하면서 야간 대학에 다녔고, 대학을 마친 뒤에는 그 학교의 기술 담당
교사로 부임한 입지전적 인물이다. 그가 아홉 번의 실패 끝에 분양에 당
첨해 입주한 스물세 평 아파트를 두고 "난 이제 그 꿈을 이루었지."라고
말할 때에는 그가 겪어온 간난과 신고의 세월이 자신의 성실과 근면으
로 하여 비로소 보상을 받았노라는 심리가 깔려 있었던 것이다.

이런 준식에 비해 민우는 어려서부터 용모도 출중하고 머리도 비상해
서 어른들의 귀여움을 독차지했다. 근 십 년 전 "한국 최고의 명문 대학"
에 입학한 민우가 지금쯤은 재벌 회사의 엘리트 사원이 아니면 고급 공

무원이라도 되어 있을 줄 알았던 준식은 그가 맹렬 운동권으로 활동하다가 대학에서 퇴학당하고 지금은 경찰이 수배 중이라는 사실을 알게 되면서 갈등에 휩싸인다. 게다가 자신에게는 냉담하거나 데면데면하기만 하던 아내가 갑자기 나타난 시동생을 사뭇 이성으로 대하는 낌새까지 보이자 그의 갈등은 비등점을 향해 치닫는다. 결국 그는 자신을 찾아와 민우의 행방을 묻던 형사에게 술김에 전화를 걸어 동생의 소재를 일러바친다. 그에 앞서 그는 민우의 출현 이후 태도가 이상해진 아내와 다툼을 벌이던 중 말리는 민우를 향해 이렇게 속엣말을 내뱉는다: "넌 무엇 때문에 그렇게 당당하냐? 넌 어째서 그 나이가 되도록 정의와 도덕을 위해서 싸우고 있냐? 너는 왜 나처럼 가족을 먹여살리기 위해, 직장에서 쫓겨나지 않기 위해 요리조리 눈치를 보며 살지 않냐? 너는 무슨 자격으로 저 높은 곳에서 그 모든 것을 초월하여 있을 수 있단 말이냐?"

소설의 마지막은 준식이 녹천역 주변 공터의 똥구덩이 위에 주저앉아 우는 장면으로 처리된다. 자신 때문에 형과 형수 사이에 문제가 생겼다고 생각한 민우가 집을 떠나기로 하고 준식은 그런 민우를 녹천역까지 바래다준다. 자신의 신고 때문에 아우가 체포될지 모른다고 생각한 준식은 민우에게 택시를 탈 것을 제안하지만, 민우의 고집을 꺾지 못하고 전철역으로 향하면서도 그의 마음은 편치가 못하다. 결국 녹천역 계단에서 형사들을 발견한 형제는 손을 잡고 뒤돌아 뛰기 시작하지만, 무언가에 발이 걸려 쓰러진 동생이 형사들에게 체포되고 준식만 어둠 속을 하염없이 도망치다가 똥구덩이 위에 이른 것이다. 그 똥구덩이 위에서 "너무나 오랜 세월 그의 몸 안에 뭉쳐져 있던 슬픔, 어찌할 수 없는 허망

함에 완전히 자신을 내맡기고 울"던 그는 결국 똥을 몸에 묻힌 채 집을 향해 걸음을 뗀다. "생을 압류당한 채 살아가야만 하는 것이 어찌 민우 녀석뿐이겠는가. 이 거대한 오욕의 세상, 이미 모든 순결함과 품위를 잃어버린 이곳에서 나 또한 살아야 하는 것이다. 가자, 하고 그는 어둠 속을 바라보며 자신에게 설득했다. 이 어마어마한 쓰레기의 퇴적층 위, 온갖 오물과 증오와 버려진 꿈들을 발아래에 두고 저 까마득한 허공에 아슬아슬하게 매달린 23평짜리의 내 보금자리를 향해."

인용한 소설의 마지막 문장들이 말하는 것은 소시민 준식의 꿈의 결정체인 스물세 평 아파트가 실은 똥구덩이와 쓰레기 더미 위에 위태롭게 구축된 사상누각과도 같다는 사실이다. 그러니까 소설 제목이 말하는바 '똥이 많은 녹천'이란 '마이홈'이라는 절박한 꿈의 구호가 감추고 있던 소시민적 욕망과 부패의 추악한 정체라 하겠다.

이 소설을 표제작으로 삼아 1992년 12월에 낸 소설집의 '작가 후기'에서 이창동은 이렇게 쓴다. "나는 이제 새로 태어나고 싶다. 이제까지 써온 것과는 다른 글을 쓰고 싶고, 지금까지 살아온 것과 다른 모습으로 살고 싶다는 욕망을 느낀다. 헌 옷을 벗어던지듯, 또 다른 모습으로 변신하고 싶다." 이처럼 갱신에의 의지를 강하게 밝혔던 그는 이듬해 영화판으로 옮겨 갔고 영화감독으로 큰 성공을 거두었거니와, 「녹천에는 똥이 많다」는 이창동 영화의 뿌리를 짐작하게 하는 작품으로서도 의미가 깊다 하겠다.

이호철
서울은 만원이다
(1966)

"서울은 넓다./ 아홉 개의 구(區)에 가(街), 동(洞)이 대충 잡아서 삼백 팔십 만이나 된다./ 동쪽으로는 청량리 너머로 망우리, 동북쪽으로는 의정부를 바로 지척에 둔 수유리 우이동, 서북쪽으로는 인천가도 중간의 영등포 끝, 동남쪽으로는 한강 건너의 천호동 너머, 서남쪽으로도 시흥까지 이렇게 굉장한 면적을 차지하고 있다./ 그러나 이렇게 넓은 서울도 삼백팔십만이 정작 살아보면 여간 좁은 곳이 아니다./ 가는 곳마다 이르는 곳마다 꽉꽉 차 있다. 집은 교외에 자꾸 늘어서지만 연년이 자꾸 모자란다. 일자리는 없고 사람들은 입만 까지고 약아지고 당국은 욕사발이나 먹으며 낑낑거리고 신문들은 고래고래 소리나 지른다."

이호철의 소설 『서울은 만원이다』는 1966년 2월 8일부터 10월 31일까지 『동아일보』에 연재되었다. 시골에서 무작정 상경해 서린동 뒷골목에서 몸을 파는 처지가 된 여자 길녀와 그 여자를 찾아 상경한 기상현을 중심으로 60년대 중반 당시 서울의 풍속과 세태를 풍자적 터치로 그린 소설이다.

신문 연재만 결정되고 다른 것은 아무것도 정해지지 않은 상태에서 작가는 당시 신동문 시인이 주간으로 있던 신구문화사 사무실에서 소설가 한남철과 김문수 등 가까운 문우들과 만나 제목에 관한 '회의'를 했다. 30분 정도 중구난방으로 여러 의견이 출몰하던 중 작가 자신이 '서울은 만원입니다'를 제출하자 모두가 좋은 제목이라며 반기는 가운데 신동문 시인이 '입니다' 보다는 '이다'가 낫지 않겠느냐는 수정 제안을 내놓아 그것으로 결정되었다.

　제목을 정하고 신문에 사고를 낸 뒤에도 정확히 어떤 내용이 될지에 대해서는 아무런 생각이 없었다. 막막한 심정으로 서울 시청을 찾아가니 담당자는 서울 인구가 380만이며 산하에 아홉 개의 구청이 있다는 등의 통계 자료나 내놓을 따름이었다(이 자료들이 앞서 인용한 서울에 관한 서술에 활용되었음은 물론이다). 다시 혼자가 되어 고민에 고민을 거듭하던 작가는 어느 순간 문득, '무작정 상경 소녀' 일곱 자를 떠올리면서 고민에서 풀려났다. 연재가 시작되기 불과 보름 전쯤이었다. 그 다음부터는 일사천리로 일이 진행되었다. 곧 이어서 주인공 소녀의 이름 '길녀(吉女)'가 정해지고, 연재하기 2년 전쯤에 작가가 한 번 가봤던 통영을 길녀의 고향으로 삼는다는 것까지 결정되었다. 그러자 첫 문장을 쓰기 시작해 두어 시간 만에 4회분에 해당하는 원고가 술술 풀려나왔다. 화제작 『서울은 만원이다』는 이렇게 해서 탄생되었다. 독특한 제목만큼이나 연재 당시부터 큰 인기를 끈 이 소설은 최무룡, 김지미 등 당대 최고의 배우가 출연하는 영화로 만들어지기도 했다.

이호철
부시장 부임지로 안 가다

(1965)

이호철의 이 단편에서 퇴역 육군 중위이자 현직 사회생활 과목 교사인 강규호는 어느 날 퇴근하던 길에 집에 군인들이 찾아왔더라는 말을 듣고는 줄행랑을 놓는다. 때는 5·16 쿠데타 직후의 어수선한 무렵. 학교에서는 평소 언행이 불온했던 동료 교사들이 잇따라 당국에 붙들려 가는 참이었다. 쿠데타에 성공한 군의 서슬이 시퍼렇던 시기를 배경으로 '혁명'이 빚어낸 어처구니없는 소동을 콩트적 발상으로 소화한 작품이다.

단지 군인들이 찾아왔다는 것만으로도 잠행을 택해야 할 정도로 시국은 살벌했다. 규호는 "도대체 무엇이 어떻게 됐다는 것인지 영문을 알 수는 없었지만", 일단 도망을 다니면서 상황을 파악해 보기로 한다. '반공을 국시의 제일의로 삼고' 운운의 혁명 공약이 뻔질나게 라디오에서 흘러나오는 가운데 그는 친척이나 친지 등에게 신세 지기도 어렵다고 판단하고 구포, 김해, 동래 등 부산 인근의 술집들을 은신처로 삼는다. 급한 대로 아내가 왕창 집어 준 현찰도 있겠다, 색시 나오는 술집만 골라 다니며 며칠을 주지육림에 빠져 지낸다. 집에 전화해보면, 사병이니 사복형사가 번갈아 가며 찾아왔노라는 전갈뿐. 그렇게 일주일여를 잠행하던 그는 결국 한 부대에 해당하는 인원이 동원돼 수색에 나선 끝에 충무

(지금의 통영)에서 발견된다. 발견되고 보니 웬걸, 자신이 혁명 정부에 의해 마산 부시장으로 임명되었다는 것 아닌가. 그 낭보를 전하러 온 옛 군대 동료 최 중령에게 그러나 규호는 이렇게 말한다. "난 못해. 내 양심으로는 못하겠어. 며칠 저녁을 무슨 짓 하고 어떻게 돌아갔는지 아나? 자네가 아나?" 이런 말을 던지고 규호가 줄레줄레 돌아 나올 때 "일순 혁명은 잠시 어리둥절해지고, 닭 쫓던 개처럼 뻥해져 있었다."라고 작가는 적었다. 5·16에서 4년이라는 세월이 지난 뒤에 발표되었기에 이런 정도의 야유도 가능했을 것이다.

작가에 따르면 이 소설은 실화를 바탕으로 한 것이다. 군인 출신으로 부산의 어느 고등학교 교사로 있던 이의 집에 5·16 직후 군인들이 찾아오자, 교원 노조인가 교원 단체인가의 간부로 있던 그 교사는 자신을 잡으러 온 줄 알고 퇴근하던 길로 줄행랑을 놓았다는 것. 소설에서 그려진 것보다는 짧게, 사흘 동안 도망 다니던 그는 결국 자신이 마산 부시장으로 발령 났다는 사실을 알게 되었다고 한다. 작가는 이 이야기를 부산의 어느 대학 국문과 교수한테서 전해 듣고 '아, 요건 소설이 되겠구나. 단편소설, 짭짤한 단편소설이 되겠구나.' 생각하고 이야기를 들은 이튿날 저녁부터 다음날 정오 무렵까지 원고지 134장 분량을 한달음에 썼노라고 밝혔다.

장정일
햄버거에 대한 명상
(1987)

햄버거와 명상을 결합시킬 생각을 하다니! 1987년에 나온 시집 『햄버거에 대한 명상』의 표제작인 이 시는 제목만으로도 신선한 충격을 주기에 충분했다. '가정요리서로 쓸 수 있게 만들어진 시'라는 부제, 그리고 이어지는 본문의 내용은 그 충격이 정당한 것이었음을 확인시킨다. 시는 햄버거를 만드는 과정을 명상의 단계들에 빗대어 쓴다. 가령 쇠고기와 돼지고기를 곱게 다지는 과정에는 "잡념을 떨쳐라."라는 주문이 제기되며, 양파를 프라이팬에 넣고 볶는 과정에는 "가벼운 흥분으로 당신의 맥박을 빠르게 할 것"이라는 설명이 따라붙고, 다진 고기와 빵가루, 달걀, 볶은 양파, 양념 등을 손으로 치대어 반죽을 만드는 과정은 "잠자리에서 상대방의 그곳을 만지는 일만큼/ 우리의 촉각을 행복하게 사용할 수 있는 순간"에 견주어지며, 빵을 반으로 갈라 버터를 바르고 상추를 깐 다음 마요네즈 소스를 바르는 행위에는 "혹시라도 다시 생길지 모르는 잡념이 내부로 틈입하는 것을 막아준다."라는 의미가 부여된다. 마지막으로 고기를 넣고 브라운 소스를 알맞게 끼얹어 양파, 오이를 끼우는 것으로 햄버거 만들기 명상은 끝이 난다. "이 얼마나 유익한 명상인가?/ 까다롭고 주의사항이 많은 명상 끝에/ 맛이 좋고 영양 많은 미국식 간식이 만들어졌다." 장정일의 이 시는 시에 관한 고정관념을 깨뜨림과 동시

에, 시란 일상 언어를 가장 낯설게 사용함으로써 미학적 충격을 주는 것
이라는 시의 핵심에 가장 부합하는 작품이기도 하다.

장정일
라디오와 같이 사랑을 끄고 켤 수 있다면

(1988)

"내가 단추를 눌러 주기 전에는/ 그는 다만/ 하나의 라디오에 지나지
않았다.// 내가 그의 단추를 눌러 주었을 때/ 그는 나에게로 와서/ 전파
가 되었다."

이렇게 시작하는 장정일의 시 「라디오와 같이 사랑을 끄고 켤 수 있다
면」이 김춘수의 유명한 「꽃」을 패러디한 것임은 물론이다. 장정일의 시
는 「꽃」의 '꽃' 을 '라디오' 로 바꿔치기함으로써 익숙한 구도 속에 낯선
충격을 내장하는 효과를 지니게 된다. 김춘수의 '꽃' 이 사랑의 아름다운
가치를 상징한다면, 장정일의 라디오가 호명하는 것은 이 시대의 가볍
고 편리하며 즉흥적인 사랑이다.

전광용
꺼삐딴 리
(1962)

'꺼삐딴'은 '우두머리, 대장'을 뜻하는 캡틴(captain)의 러시아어 '까삐딴'이 변형된 것이다. 소설 주인공인 이인국 박사는 일제 강점기에 제국대학을 졸업한 의사다. 그는 일제 때는 '국어(=일본어) 상용의 집' 액자를 자랑스레 내건 모범적인 황국신민 겸 관선 시의원이었고, 해방 뒤 소련이 삼팔선 이북을 점령했을 때에는 친일 경력이 문제되어 감옥에 갇혔으나 감옥 고문관 스텐코프 소좌의 뺨에 난 혹 제거 수술을 성공적으로 집도하고서 옥에서 풀려난다. 의대를 졸업한 아들을 모스크바에 유학 보내는 등 소련 치하에 적응하고자 애쓰던 그는 전쟁 통에 월남해서는 다시 남한을 지배하고 있던 미국 쪽에 달라붙는다. 영문학을 전공하고 미국으로 유학 간 딸은 미국인 교수와 결혼할 예정이며 이인국 자신도 미 대사관 직원에게 고려청자를 뇌물 삼아 바치고서 미국행 비자를 받게 된다. 그것이 일제든 소련이든 미국이든, 그때그때 권력에 빌붙어 보신과 출세를 도모하는 이인국 박사의 처세술은 그야말로 '캡틴'이라 불러 손색이 없어 보인다. 그러나 그런 이인국에게도 변명의 말은 없지 않았으니, 그의 말을 한번 들어보자.

"흥, 그 사마귀 같은 일본놈들 틈에서도 살았고 닥싸귀 같은 로스케 속에서도 살아났는데, 양키라고 다를까…… 혁명이 일겠으면 일고, 나라가 바뀌겠으면 바뀌고, 아직 이 이인국의 살 구멍은 막히지 않았다. 나보다 얼마든지 날뛰던 놈들도 있는데, 나쯤이야……”

이인국의 변명이 가증스러운 것이야 두말할 나위도 없겠지만, 그렇다고 해서 그 안에 일말의 진실이 없는 것은 아니다. “나보다 얼마든지 날뛰던 놈들도 있”다는 대목이다. 실로 그렇다. 이인국 정도야 피라미에 지나지 않을 정도로 때와 상황에 따라 안면을 백팔십도 바꾸고 처신을 자재로이 한 이들이 우리 현대사에 그 얼마나 많았던가. ‘꺼삐딴 리’ 이인국은 그 모든 인간 박쥐들의 대표로서, 재수 없게(!), 소설에 불려 나온 것 아니겠는가.

꼬리

조해일

매일 죽는 사람

(1970)

「매일 죽는 사람」은 조해일의 1970년 『중앙일보』 신춘문예 당선작이다. “일요일인데도, 그는 죽으러 나가려고 구두끈을 매고 있었다.”라는 첫 문장부터 독자의 눈을 확 잡아당긴다. 이 사람은 왜, 하필이면 일요일에, 죽으러 나가려는 것일까. 독자는 불안 속에서 궁금해진다. 소설을 내처 읽어 나가노라면 어쩐지 혼란스러워질 수밖에 없다. “매일 죽으러 나가는 마당에서”라는 구절이 나오는가 하면 종내는 “매일 죽음을 겪어보지 않은 사람이면 얻을 수 없는 겸손한 침착성”이라는 표현까지 등장한다. 무언가 이상하다는 느낌이 든다. "하루 한 번 죽는(그것도 거르는 날이 많았으나) 대가로 받는 일금 삼백 원 중에서 점심으로 먹는 라면 값 삼십 원과 왕복 교통비인 시내버스 승차요금 이십 원을 제한 이백오십 원"이라는 대목에 이르면 비로소 그의 정체를 짐작할 수 있게 된다. 영화의 엑스트라 아닌가 말이다! 그러니까 그가 하는 역할은 주로 이름 없이 죽는 역할? 빙고! 이 소설은 영화 엑스트라인 남자의 이야기다. 가정 형편이 어려워 대학을 중도에 그만두고 군대에 다녀온 뒤 사랑하는 이를 만나서 결혼까지 했으나 취직에 실패한 채 "다방에 앉아서 죽음을 기다리는 일"을 하고 있는, 서른 안팎의 남자가 그의 정체다. 다방에 앉아서 기다린다고 매일 죽을 수 있는 것은 아니다. "재수만 좋아준다면 두 번 죽는 것도 불가능한 일은 아니"지만, 때론 공을 치는 날도 없지 않다. 그러니까 평균 하루 한 번 정도 죽는 연기를 하고 일당을 받아 챙기는 것이다. "그저께는 1920년대의 권총에 맞아서 죽을 수가 있었다. *그끄저께는* 시대와 국적이 미상한, 지팡이 속에 감춰진 칼에 맞아서 죽을 수가 있었다. 그러나 어제는 다방에서 엽차만 마셨던 것이다." 소설의 배경이 되는 일요일에도 그는 다행히 두 번이나 '죽을 수' 있었고, 그 덕분에 두 배의 수입을 올렸지만, 문제는 그가 죽는 연기를 거듭하면서 허구가 아닌 진짜의 죽음에 사로잡히게 된다는 사실이다. "물론 그것은 허구 속의 죽음이었으나 회가 거듭됨에 따라 그것은 점차 음산한 실제성을 띠고 그를 사로잡기 시작하여 마침내는 일상의 순간순간에서마저 그것의 그림자와 만나게 되곤 하였다. (……) 오늘도 예외 없이, 삼백 년 또는 그 이상 오랜 과거로부터 끊임없이 이어져온, 수만 수십만의 이름 없는 주검들과 전 존재로 꽉 연결되는 듯한 두렵고 답답한, 도망칠 수 없는 서먹서먹함에 사로잡히기 시작했던 것이다." 요컨대 「매일 죽는 사람」은 생존의 방편으로 죽음을 연기해야 하는 한 엑스트라 사내를 통해 죽음에 저당잡힌 왜소하고 무기력한 인간의 초상을 그려 보이고 있다.

～

조해일
멘드롱 따또
(1970)

수수께끼 같은 이 소설 제목은 제주 방언에서 온 말이다. 이 단편소설의 주인공 김관호 이병은 모종의 사건 때문에 군 교도소에서 2년 반을 복역한 뒤 '우리'가 속한 부대로 전입해 온 인물이다. '우리'라는 일인칭 복수대명사로 일컬어지는 부대 고참들이 전입병의 기를 꺾겠다며 혹독한 신고의식을 치르던 중 그가 제주 출신이라는 사실을 알게 된다. 그러자 (아마도 그 역시 제주 출신일) 현 병장과 그 사이에 이런 질문이 오간다: "야, 너 그럼 '멘드롱 또똣홀 때 호록 들어 싸붑서'가 무슨 소린 줄 알겠구나." "네, 알맞게 따뜻할 때 훌쩍 드세요, 라는 뜻입니다." 이 문답을 받아 '우리' 중 누군가가 그의 별명을 '멘드롱 또또'로 하자고 제안하고 일동이 박수로 동의하면서 그의 별명은 일단 '멘드롱 또또'가 되었으나 시간이 지나면서 좀 더 부르기 좋은 '멘드롱 따또'로 정착했다.

소설은 이런 별칭과는 어울리지 않게 "이 미터 가까이 됨 직한 커다란

키, 백 킬로그램은 돼 보이는 거대한 동체(胴體)를 가진” 김 이병이 ‘우리’의 의도적인 학대와 편견을 이겨내고 성실하고 모범적으로 군 생활에 임하다가 제대를 코앞에 두고 비극적인 죽음을 맞는다는 이야기를 담고 있다. 그리고 그 비극적인 죽음의 배경에는 그가 애써 감추어왔던 군 교도소 복역 사유가 자리 잡고 있다는 것이 역시 결말부 가까이에 가서야 드러난다.

～

<h2 style="text-align:center">천운영
잘 가라, 서커스</h2>

(2005)

천운영의 첫 장편 『잘 가라, 서커스』는 김연수의 단편 「이등박문을, 쏘지 못하다」와 비슷한 모티브를 지니고 있다. 안중근과 우덕순의 엇갈린 운명에 관한 이야기라는 뜻이 아니라, 중국 조선족 처녀와 한국 노총각 사이의 혼사를 소재로 삼았다는 뜻이다. 김연수의 단편에서는 언어장애를 지닌 동생을 결혼시키고자 형 성재가 하얼빈으로 가는 반면, 천운영의 장편에서는 주인공 이윤호가 어릴 적 자신에게 서커스를 해 보이다가 사고로 목소리를 잃은 형을 데리고 중국으로 간다. 김연수의 단편에서 동생의 혼사가 성재의 어깃장으로 무산되는 반면, 천운영의 소설에서 이윤호의 형은 조선족 여성 림해화와 결혼해 한국으로 온다. 소설은 이윤호와 림해화의 시점을 오가면서, (윤호의 형이 아닌) 윤호 자신과 해화

사이의 미묘한 감정의 흔들림을 그려 보인다. 제목의 서커스는 윤호 형의 성대를 앗아간 어린 시절의 놀이를 가리키면서, 윤호가 보따리장수로서 속초와 훈춘을 오가면서 이용하는 페리호에서 만난 러시아 곡마단을 겨냥하기도 한다. 소설 말미에서 해화에게 버림받은 윤호의 형은 러시아 곡마단이 바닷속으로 떠밀어버린 백마를 좇아 바다로 몸을 던진다. 서커스 인생의 종말이다. 작가는 구상 단계에서부터 '서커스'를 제목에 넣고 싶었노라고 밝혔다.

"'서커스'라는 말을 제목에 넣는다는 것 이외에 다른 것은 아무것도 정해지지 않은 상태였다. 소설의 전개와 결론이 불분명한 상태에서 어느 봄날 낮술을 마시고 창경궁에서 벚꽃 지는 모습을 구경하고 있었다. 벚꽃을 배경으로 결혼 사진을 찍는 커플이 보였다. 그 순간, 어쩐 일인지 갑자기 눈물이 나면서 '잘 가라, 쌍!' 소리가 절로 나오더라. 정신이 번쩍 들면서(?), 아님 낮술 때문에 여전히 알딸딸한 가운데(?), 바로 이 제목이다 싶었다. '잘 가라, 서커스'는 이렇게 해서 나온 제목이다."

하일지
경마장 가는 길
(1990)

하일지의 소설 『경마장 가는 길』에는 경마장이 나오지 않는다. 경마장 가는 길도 나오지 않는다. 다만 주인공 R이 여자친구 J를 상대로 섹스를 조르고 거절당하고 시도하고 때로 성공하는 사이사이 그가 아무런 맥락 없이 경마장을 모티브로 삼은 글을 쓰는 장면들이 몇 등장할 따름이다. 그 장면들에서 R은 '경마장에서 생긴 일'과 '경마장은 네거리에서…', '경마장에는 지금' 식의 제목 아래 한 문단 정도의 글을 쓰거나, 아무런 제목 없이 경마장에 관한 지극히 모호하고 거의 무의미한 묘사를 하거나 한다.

R과 J라는 이니셜로 지칭되는 두 남녀가 주인공이 되어 진행되는 이 두툼한 소설의 거의 마지막 부분에 가면 난데없이 일인칭 화자 '나'가 등장한다. 등장인물들의 외양과 행동만을 묘사할 뿐 그들의 내면과 심리를 직접 묘사하지는 않는, 냉정할 정도의 객관주의로 일관해 온 소설이 마지막 순간에 숨겨둔 카드 패처럼 '나'를 등장시킨다는 것이 다른 소설에서라면 일종의 미학적 파탄으로 지적받을 수도 있었겠지만, 강렬한 실험정신으로 무장한 이 소설에는 어쩐지 어울려 보이기도 한다. 어찌 됐든, 소설의 거의 마지막 순간에 비로소 등장한 '나'는 R과 대화를 나누는 가운데, 그가 J와 했던 (협상에 이은) 약속을 저버리고 그녀와의 사이에 있었던 불미스러운 일을 '형상화'하기로—그러니까 글로 쓰기로 했다는 사실을 공표하는 구실을 한다. '나'는 또한 대화 도중 R이 "몇 차례에 걸쳐 '경마장'이란 말을 입에 오르내리기도 했다"면서 "그러나 나는 그가 '형상화'를 설명하기 위해 왜 '경마장'이란 말을 끌어왔는지에 대해서는 기억이 희미했다."고 서술한다.

『경마장 가는 길』은 그렇게 R이 '나'에게 예고했던 '형상화'의 결과인 셈인데, 앞서 밝혔듯이 이 소설의 내용과 '경마장(가는 길)'이 어떤 관련이 있는지는 아무래도 요령부득이다. 다만 소설 속에서 R이 묘사(?)한 경마장에 관한 대목이 이 소설과 하일지 문학 전체의 분위기를, 막연하나마, 상징하는 것으로 짐작된다.

"나는 아직 한번도 경마장에 가 본 적이 없다. 따라서 나는 경마장이 어디에 있는지 알지 못한다.

오래 전에 언젠가 한번은 누가 나에게 경마장에 대해서 이야기해 준 적이 있다. 나는 그에게서 들은 이야기를 다만 기억하고 있을 뿐이다. 그러나 나는 그가 누구였는지 지금 알 수 없다. 그가 말한 경마장은 어쩌면 이 도시에 있는 경마장이 아닐지도 모른다. 그리고 그것은 이 시대에 있는 경마장이 아닐지도 모른다. 바람 부는 오후에 하늘 아득히 떠가고 있는 신문지처럼 경마장은 지금 공중에 아득히 흐르고 있다."

하일지는 이 작품에 이어 『경마장은 네거리에서』(1991), 『경마장을 위하여』(1991), 『경마장의 오리나무』(1992), 『경마장에서 생긴 일』(1993) 등 이른바 '경마장 시리즈'를 잇따라 내놓았다(이 중 『경마장은 네거리에서』와 『경마장에서 생긴 일』이 『경마장 가는 길』의 주인공 R이 소설 속에서 썼던 글의 제목이라는 사실은 흥미롭다). 이 후속 소설들에도 경마나 경마장이 등장하지 않음은 물론이다. 하일지의 '경마장 시리즈'는 『경마장에서 생긴 일』로 마감되었고, 그 뒤에 낸 소설 『그는 나에게 지타를 아느냐고 물었다』(1994)에서 하일지는 이른바 '경마장 시절'이 끝났음을 선언했다.

＜

홍성원
그러나
(1996)

　홍성원의 장편『그러나』는 생애 전반에는 조국의 독립을 위해 일제에 저항한 독립지사였으나 후반에는 민족을 배반하고 일제에 부역한 한 인물의 굴곡진 생애와 그 후손들이 겪는 혼란과 비극을 그린다. 이런 문제적 인물을 통해 작가는 인간과 역사에 대해 획일적이며 단편적으로 접근하지 말고 복합적이고 유연하게 이해할 것을 주문한다. '그러나'라는 접속사를 제목으로 삼으면서 작가는 흑백논리의 위험한 폭력에 맞서는 독립적이며 개방적인 사고를 촉구하고자 했던 것이다. 작가의 이런 생각은 책 뒤에 붙인 장문의 '작가의 말'에 분명하게 드러나 있다.

　"'그러나'는 그럴 수도 있지만, 그렇지 않을 수도 있는 반론 제기를 전제로 한 접속사며, 그 반론의 가능성에 대한 유보나 재고를 암시하는 반어적 성격의 접속사이기도 하다. 반론이 많은 사회는 시끄럽고 비효율적이지만 시행착오나 실수가 적고 사람들의 불평불만을 최소화할 수 있는 미덕이 있다. 극단적으로 반론을 거부하는 집단으로는, 실수를 별로 두려워하지 않고 성과와 속도만을 중시하는 군대라는 조직이 있을 뿐이다.

　독립운동과 친일 부역 사이에 논리적 접점은 발견되지 않지만, 둘의 차이점을 반어적으로 이어주는 '그러나'라는 접속사는 암시적으로 존재

한다. 두 사물의 대비가 극단적인 모습으로 드러날 때 대부분의 '그러
나' 는 그 역할과 의미가 더욱 크게 두드러진다. 한때 열렬한 독립지사였
던 인물이 훗날 친일파로 변신하여 민족을 배반하는 과정에는 그 극적
인 변신에 버금가는 극적 사연들이 숨겨져 있을 것이 분명하다. 그 동기
와 사연을 찾아내는 일은 쉽지 않은 일이지만 역사의 올바른 이해를 위
해서는 누군가가 반드시 해야 될 일이기도 하다.

　(중략)

　시민사회의 이성적 · 합리적 접근만이 지금으로서는 '그러나' 이후의
이기적인 일방 논리를 누그러뜨리는 최선의 처방이 아닌가 하는 생각이
다. (……) 나로서는 반어적 접속사 '그러나' 가 행복한 화해의 접속사로
기능하기를 바랄 뿐이다."('작가의 말' 에서)

제목은 뭐로 하지?
―유명한 책 제목들의 숨겨진 이야기

초판 1쇄 : 2010년 11월 15일
초판 발행 : 2010년 11월 20일

지은이 : 앙드레 버나드
옮긴이 : 최재봉

펴낸이 : 박경애
펴낸곳 : 모멘토
등록일자 : 2002년 5월 23일
등록번호 : 제1-3053호
주 소 : 서울시 마포구 공덕동 242-85 2층
전 화 : 711-7024, 711-7043
팩 스 : 711-7036
E-mail : momentobook@hanmail.net

ISBN 978-89-91136-23-6   03800